新日檢
擬聲擬態語
& 慣用語
攻略

作者　藤本紀子/田中綾子
譯者　洪玉樹

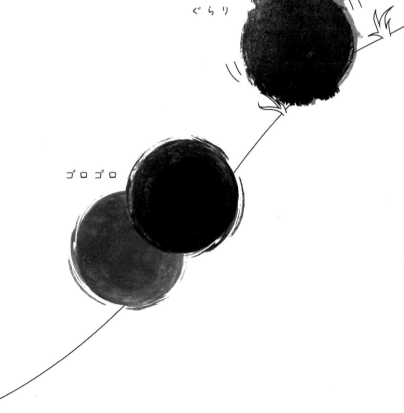

ぐらり

ゴロゴロ

頭が固い

前言

　　2010 年日本語能力測驗改制後，測試的目標轉為重視實際的日語溝通能力。因此日本人在日常會話中頻繁使用的擬聲語、擬態語，以及慣用表現，其出題的機率就提高許多，成為考生們不能逃避的學習項目。除了日本語能力測驗之外，日語領隊、導遊考試，以及各級日語學系資格考試中，其比重都不輕。

　　「擬聲語、擬態語」可以說是日本人一出生就開始注入他們血液中，是最貼近生活的日語表現，但卻是非日文母語的日語學習者難以克服的難關。

　　日文中將眼睛看到的狀態、耳朵聽到的聲音，用單一個語詞來形容，而單一語詞之中，就深含濃厚的日本文化背景。像是「ころころ」，日本人一聽到這個詞，心中浮現的是滾動的畫面，而且是小而輕的東西的滾動畫面。如果加上濁音變成「ごろごろ」的話，畫面就變成大而重的東西在滾動。

　　像這樣的「擬聲語、擬態語」中，有些改為濁音後，就呈現出「重、強、鈍、厚、粗」的意象；改為半濁音後，就呈現出「尖銳、薄、細」的感覺。這種從小養成的語感，對非日文母語者來說，要體會其抽象意涵，進而融會貫通，然後在溝通上運用自如，真的具有相當高的困難度。特別是對過於依賴漢字學日文的漢語圈的學習者來說，又更為困難，因為「擬聲語、擬態語」幾乎全部用假名表記。

　　慣用語對非日文母語者來說，學起來同樣是困難重重。慣用語由字彙原來意思延伸使用，進而變成慣常用法。若是沒有對原來字彙的意涵，以及其背景文化有深入體會，就會出現誤用的情形。另外，慣用語有許多雷同的外表，也

是造成學習困難的原因之一。

　　本書為了讓讀者學習擬聲語、擬態語、慣用語更為上手，依內容屬性加以分類，方便讀者有邏輯、有系統地學習。

　　擬聲語、擬態語部分收錄約 **300** 個詞彙，以「動物發出的叫聲、自然現象、物的樣態性質、動作的狀態聲音、人體的動作聲音……」等等項目分類。像是「ざあざあ、しとしと、ぱらぱら、ぽつぽつ」就納入「自然現象」的「雨」項目中。

　　慣用的部分收錄約 **400** 條語句，以「頭部、頸部、上半身、內臟、身體表面、四肢、人的動作感情、道具食品……」等等項目分類。像是「顔<ruby>顔<rt>かお</rt></ruby>が利<ruby>利<rt>き</rt></ruby>く／顔<ruby>顔<rt>かお</rt></ruby>がそろう／顔<ruby>顔<rt>かお</rt></ruby>が広<ruby>広<rt>ひろ</rt></ruby>い／顔<ruby>顔<rt>かお</rt></ruby>に泥<ruby>泥<rt>どろ</rt></ruby>をぬる」等等就納入「頭部」的「顔、面」項目中。

　　不管是要考日本語能力測驗、日語領隊導遊考試，或是其他考試，相信本書的精心設計安排，一定可以幫助讀者輕鬆挑戰成功。

藤本紀子

目錄

Part 1　擬聲擬態語

動物發出的叫聲

 鳥類 🎧①

かあかあ（カーカー） 形容烏鴉的叫聲。

❀ 烏がかあかあと鳴いて空を飛んでいきました。

烏鴉嘎～嘎～地鳴叫飛過天空。

❀ 窓の外で、かあかあと鳴く烏の声が聞こえた。

窗外傳來嘎～嘎～的烏鴉叫聲。

があがあ（ガーガー） 形容鴨子、烏鴉的叫聲。

❀ お堀の水面をアヒルががあがあと鳴きながら、ゆうゆうと泳いでいる。

鴨子（家鴨）在護城河上一邊呱呱地叫，一邊悠游著。

❀ 鴨がにわかにガーガーと騒ぎ始めた。

鴨子（野鴨）突然間呱呱地開始騷動起來。

ちゅうちゅう（チューチュー） 形容麻雀、老鼠的叫聲。

❀ 屋根裏ではネズミがチューチュー騒いでいる。

屋頂裡有老鼠吱吱的吵鬧著。

動物類

ガオー 形容獅子或熊等猛獸威嚇、咆哮的樣子或吼叫聲。

❀ ライオンがガオーと吼えるお馴染みのシンボルマークが、映画のエンディングで流れた。

　　獅子大吼一聲的經典標誌出現在電影片尾。

❀ ガオーと吠えた恐竜の絵が印象的なポスターです。

　　大吼一聲的恐龍畫報讓人印象深刻。

けろけろ／げろげろ（ケロケロ／ゲロゲロ） 形容蛙叫的聲音。

❀ 去年の夏休み、私は田舎に帰った。夜は蛙がけろけろと鳴いているのを聞きながら寝てしまうという生活は、のんびりしたものだった。

　　去年夏天，我回鄉下去了。晚上，邊聽著青蛙嘓嘓叫聲入睡，這種生活真是悠閒。

ぶうぶう（ブーブー） 形容豬叫的聲音。

❀ あの小さくて可愛い動物は何だろうと思っていたところ、突然ブーブーと鳴き出したので、ああ、子豚だったんだと分かった。

　　還在想那隻可愛的小動物是什麼呢的時候，牠突然嚄嚄地叫起來。原來是隻小豬。

❀ 小屋では家畜の豚がブーブー鳴いている。

　　小屋裡的飼養豬隻嚄嚄叫著。

めえめえ（メーメー） 形容羊叫的聲音。

❀ 山羊がメーメーと鳴きながらこっちへやってくる。

　　山羊咩咩地邊叫邊往這裡跑過來。

❀ メーメーと鳴く子山羊がかわいかった。

　　仔羊咩咩地叫，好可愛。

 **蟲類** 🎧 3

りんりん（リンリン／リーンリーン） 形容鈴蟲的叫聲。

❀ 庭からはリーンリーンと鈴虫の鳴き声が聞こえてくる。

庭院傳來鈴鈴的鈴蟲叫聲。

❀ 遠くでリーンリーンという鈴虫の声が、秋の情緒を醸し出している。

遠處鈴蟲的鈴鈴叫聲，洋溢秋天的風情。

じいじい（ジージー） 形容蟬叫聲。

❀ 窓の外にはジージーという蝉の声が響いている。

窗外一直響著嘰嘰的蟬叫聲。

❀ 虫取り網で採られた蝉は、まだジージー鳴いている。

用捕蟲網抓到的蟬還在嘰嘰地叫著。

🎧 4

🌸 其他動物的聲音：

- 貓＝ニャーニャー　・狗＝ワンワン　　　・狐狸＝コンコン
- 馬＝ヒヒーン　　　・牛＝モーモー

🌸 其他鳥類的鳴聲：

- 雞＝コケコッコー　・布穀鳥＝カッコー　・鷹、隼＝ピーヒョロロ
- 小雞＝ピヨピヨ　　・鴿子＝ポッポ

🌸 其他昆蟲類的鳴聲：

- 螽斯＝スイッチョ　　　　・紡織娘＝ガチャガチャ
- 螻蛄＝ジー　　　　　　　・蟋蟀＝コロコロ
- 蟬＝ジージー／ミーンミーン
- 金鐘兒＝チンチロリン

 **請填入適當語詞**

① その部屋(へや)の押(お)し入(い)れから聞(き)こえる＿＿＿＿＿＿という声(こえ)は、ネズミに違(ちが)いない。

② 子供(こども)たちはカラスの＿＿＿＿＿＿という鳴(な)きまねをして遊(あそ)んでいる。

③ 水槽(すいそう)で飼(か)っている蛙(かえる)の＿＿＿＿＿＿という声(こえ)が煩(うるさ)くてかなわない。

④ 「＿＿＿＿＿＿森(もり)のこやぎ　森(もり)のこやぎ　こやぎ走(はし)れば小石(こいし)にあたる……」という童謡(どうよう)を聴(き)いたことがある？

⑤ 豚(ぶた)は＿＿＿＿＿＿と鼻(はな)を鳴(な)らして餌(えさ)をねだっている。

 **自然現象**

 風

びゅんびゅん　比喻速度快到可以把風都切開似的，形容風的聲音。

❈ 家の前の道路はたくさんの車がびゅんびゅん走っている。

　家的前面，許多車呼嘯而過。

❈ 彼女は風を切るように自転車でびゅんびゅん進み続けた。

　她騎著腳踏車如風一般呼嘯而去。

 **雨**

ざあざあ　下大雨的聲音。

❈ 外は雨がざあざあ激しく降っている。

　外頭的雨嘩啦啦地下個不停。

❈ 午前中は小雨だったのに、午後はこんなにザーザー（＊）降りだ。

　上午都還下小雨，下午卻嘩啦啦地下起大雨。

しとしと　細雨寂靜地降下及聲音。

❈ 雨がしとしと降る日は、家でゆっくり本を読んで過ごしたい。

　細雨濛濛的日子，我想在家好好看書。

❈ しとしとと降る雨を、部屋から静かに眺めていた。

　從房間靜靜地眺望濛濛細雨。

. . . .
＊ 擬聲擬態語有時也會以片假名形態表記。

しょぼしょぼ 　下小雨，下毛毛雨。

❀ 昨夜<ruby>昨夜<rt>ゆうべ</rt></ruby>からずっと<ruby>雨<rt>あめ</rt></ruby>がしょぼしょぼ<ruby>降<rt>ふ</rt></ruby>り<ruby>続<rt>つづ</rt></ruby>いていて、<ruby>憂鬱<rt>ゆううつ</rt></ruby>になる。

從昨晚開始就一直在下毛毛雨，真鬱悶。

❀ <ruby>雨<rt>あめ</rt></ruby>はもうしょぼしょぼと<ruby>降<rt>ふ</rt></ruby>っているだけだ。そのうちに<ruby>止<rt>や</rt></ruby>むだろう。

也已經只下著細細小雨而已，不久就要停了吧！

ぱらぱら（パラパラ） 形容微小顆粒狀物體灑落在地板等處時的情景或聲音。

❀ <ruby>雨<rt>あめ</rt></ruby>はぱらぱらと<ruby>降<rt>ふ</rt></ruby>っただけで、すぐにやんでしまった。

雨只淅瀝淅瀝地下了一會兒，不久就停了。

❀ さっき<ruby>雨<rt>あめ</rt></ruby>がパラパラしていたけど、<ruby>洗濯物<rt>せんたくもの</rt></ruby>は<ruby>取<rt>と</rt></ruby>り<ruby>込<rt>こ</rt></ruby>んでくれた？

剛才雨淅瀝淅瀝地下，你有幫我把衣服收進來嗎？

ぽつぽつ 　小水滴或者是雨滴等一滴一滴地稀疏滴落。

❀ <ruby>雨<rt>あめ</rt></ruby>がぽつぽつ<ruby>降<rt>ふ</rt></ruby>り<ruby>出<rt>だ</rt></ruby>した。<ruby>早<rt>はや</rt></ruby>く<ruby>建物<rt>たてもの</rt></ruby>の<ruby>中<rt>なか</rt></ruby>に<ruby>入<rt>はい</rt></ruby>ろう。

雨滴答滴答地下起來了，快點進屋吧！

❀ ようやく<ruby>雨<rt>あめ</rt></ruby>はぽつぽつ<ruby>降<rt>ふ</rt></ruby>り<ruby>始<rt>はじ</rt></ruby>めた。

雨終於滴答滴答地下起來了。

 雪 🎧⑦

しんしん 　寒意沁人地降雪的樣子。

❀ しんしんと<ruby>降<rt>ふ</rt></ruby>り<ruby>積<rt>つ</rt></ruby>もる<ruby>雪<rt>ゆき</rt></ruby>を<ruby>眺<rt>なが</rt></ruby>める。

眺望著靜靜降下的積雪。

✿ 一日中、雪はしんしんと降り続けた。

一整天雪細細密密地下著。

ちらちら　形容小而輕薄的物體飄落下來的樣子。

✿ 雪がちらちら舞っていて、とてもロマンチックだ。

雪花翩翩地飛舞，相當浪漫。

✿ 外は雪がちらちらしてきた。道理で急に寒くなったはずだ。

外頭已雪花翩翩，怪不得急遽變冷了。

はらはら　一點點地靜靜飄落狀。

✿ 春の雪がはらはらと舞い散っておりました。

春雪片片飄落而至。

✿ 桜の花びらがはらはら舞い落ちた。

櫻花瓣片片飄落。

⚡ 雷、閃電 🎧⑧

がらがら（ガラガラ） 巨大聲響狀。

✿ 雷がガラガラと近づいてきた。

雷聲轟隆隆地愈來愈近。

✿ ガラガラっという雷の音に、子どもたちは悲鳴を上げた。

孩子們害怕轟隆隆的雷聲，紛紛發出驚叫聲。

ごろごろ（ゴロゴロ） ①雷聲隆隆。②又重又硬的東西滾動的樣子。
③普遍存在的樣子。④懶惰什麼都不做的樣子。

❀ 遠くで 雷 がゴロゴロ鳴っている。

雷聲在遠方轟隆隆地響著。

❀ 空がゴロゴロ鳴っている。 雷 が近づいているらしい。

天空轟隆隆，雷好像愈來愈近了。

ぴかっと（ピカッと） 閃電倏地閃下。

❀ 山の向こうで一瞬、 雷 がピカッと光った。

山的那一邊，一瞬間啪地閃了電。

❀ 空がピカッとしたかと思ったら、間もなく大きな音を伴って 雷 が落ち

た。

天空才剛閃電，不久就雷聲大作，打雷了。

 雲 🎧

ぽっかり 雲輕輕飄浮狀。

❀ 空には大きな雲がぽっかり浮かんでいる。

一朵碩大的雲朵在天空輕輕飄著。

❀ ぽっかり浮かんだ白い雲が、青い空に映えてきれいだ。

輕輕飄著的白雲映照藍天，相當美麗。

ふんわり 輕柔地飄著的樣子。

❀ 山の上にはふんわりと雲が覆いかぶさっている。

雲輕輕地籠罩著山頭。

❀ ふんわり浮かぶ雲が、ゆっくり東に流れている。

輕輕飄著的雲慢慢地向東而去。

 **太陽** 🎧⑩

かんかん（カンカン）陽光強烈照射的樣子。

❀ <ruby>夏<rt>なつ</rt></ruby>の<ruby>日差<rt>ひざ</rt></ruby>しがかんかんと<ruby>照<rt>て</rt></ruby>りつけている。

　夏天的陽光火辣辣地照射著。

❀ <ruby>朝<rt>あさ</rt></ruby>からかんかん<ruby>照<rt>で</rt></ruby>りで、<ruby>気温<rt>きおん</rt></ruby>も 30℃を<ruby>越<rt>こ</rt></ruby>えた。

　早上就豔陽高照，氣溫也超過 30℃。

ぎらぎら（ギラギラ）強烈地照射的樣子，有讓人不快的意思。

❀ <ruby>海面<rt>かいめん</rt></ruby>にはギラギラした<ruby>太陽<rt>たいよう</rt></ruby>の<ruby>光<rt>ひかり</rt></ruby>が<ruby>反射<rt>はんしゃ</rt></ruby>している。

　海面波光粼粼，反射著太陽光。

❀ ギラギラ<ruby>輝<rt>かがや</rt></ruby>く<ruby>太陽<rt>たいよう</rt></ruby>の<ruby>日差<rt>ひざ</rt></ruby>しは、<ruby>肌<rt>はだ</rt></ruby>を<ruby>強<rt>つよ</rt></ruby>く<ruby>刺激<rt>しげき</rt></ruby>する。

　熠熠烈陽帶給肌膚強烈刺激。

請填入適當語詞

1 雨と言っても、夕方の 5 時に一瞬＿＿＿＿＿＿＿と降っただけだ。

2 小雪の＿＿＿＿＿＿＿する中で働いていると、体が芯から冷えてきた。

3 眩しすぎる夏の太陽が＿＿＿＿＿＿＿と輝いている。

4 雨は予報通り、午後になってから＿＿＿＿＿＿＿としだいに降り始めた。

5 特急列車の窓から風が＿＿＿＿＿＿＿入り込んできた。

 光、火、色

きらきら（キラキラ） 形容很美麗的光線。大多形容光線等等反射的樣子。

❋ 夜空の星がきらきら光って美しい。

夜空星光熠熠，相當美麗。

❋ ステージの上の彼女は、スポットライトを浴びてキラキラと輝いていた。

舞台上的她在聚光燈照射下閃閃發亮。

ちかちか（チカチカ） ①形容光線強得刺眼。②四周都暗暗的，很微小的光亮，一閃一閃的樣子。

❋ 対向車のライトで目がちかちかした。

對向車的車燈一閃一閃，照得眼睛不舒服。

❋ クリスマスイルミネーションをチカチカ光らせた。

聖誕霓虹燈一閃一閃地發光。

ちょろちょろ 小火苗搖曳不定的樣子。

❋ 火事はおさまったが、まだ何箇所か残り火がちょろちょろ燃えているところもある。

火災儘管已經控制住，但還有幾個地方的殘火還在徐徐燃燒著。

❋ 暖炉の火が、小さくちょろちょろ燃えている。

暖爐的火小小、徐徐地燃燒著。

てかてか 有光澤而發亮的樣子。大多在不好的情況時或東西上使用。

❀ 学生たちの顔が汗と脂でてかてか光っている。

學生們的臉都因汗水和油脂而發亮。

❀ てかてかと輝く生地で作られたドレスを身にまとう。

把光滑的布料作成的禮服穿在身上。

ぴかぴか（ピカピカ） 亮晶晶有光澤的樣子。也使用在形容新的東西。

❀ あの星は、日が落ちるとまっさきにぴかぴか光りだす。

那顆星星在日落後最先開始燦然閃耀。

❀ くつを磨いたら、ぴかぴかになった。

鞋子擦過後就閃閃發亮了。

❀ ワックスで車をぴかぴかに磨いた。

幫車子打蠟，擦得閃亮亮的。

めらめら（メラメラ） 熊熊燃燒的樣子。

❀ その小屋はめらめらと炎を上げて燃え始めた。

小屋開始熊熊地燃燒起來。

❀ 火は勢いよく、メラメラと燃え続けている。

火勢猛烈，持續地熊熊燃燒著。

 **温度** 🎧12

あつあつ（熱々） 熱呼呼、熱騰騰的樣子。

❀ 寒いときにはあつあつのおでんが一番だ。

天冷時來碗熱騰騰的關東煮最讚了。

❀ できたての料理は熱々だ。

剛作好的菜還熱騰騰的。

ほかほか　熱騰騰、溫暖的意思。

❀ 蒸したてのほかほかの肉まんじゅうを買って食べた。

買了一個剛蒸好熱騰騰的肉包子吃。

❀ 温泉からあがっても、体はまだほかほかだ。

即使泡完湯了，身體也還熱呼呼的。

ぽかぽか　很溫暖、暖和，舒服的樣子。

❀ ぽかぽか暖かい春の日ざしを浴びていると、なんだか眠くなってきた。

浴沐在和煦的春日陽光中，總覺得就睏了起來。

❀ マラソンを走り終えると、だんだん体がぽかぽかしてきた。

一跑完馬拉松，身體就漸漸熱了起來。

🎧 粗糙、硬、顆粒　⑬

かちかち（カチカチ）　①形容身體、物體僵硬的樣子。②形容堅硬物體發出的清亮聲音，多指規則而連續的聲音。

❀ 小石をカチカチと打ち合わせた。

鏗鏘地互擊小石頭。

❀ 緊張で体がカチカチになった。

因為緊張而身體僵硬了。

❀ 時計がかちかちと鳴る。

時鐘滴答滴答地響。

かさかさ（カサカサ） 乾而粗糙的樣子。乾枯之物、輕薄之物互觸的聲音。

❀ 冬は乾燥で手がかさかさになるので、ハンドクリームをつけるようにしている。

冬天時手部會因乾燥而龜裂，所以我都習慣擦護手霜。

❀ 落ち葉が踏まれて、カサカサと音を立てている。

落葉被踩到，發出沙沙的聲音。

こちこち 東西凝固、乾燥、凍結成非常堅硬的樣子。

❀ パソコン作業が長時間続き、肩はもうこちこちだ。

長時間對著電腦工作，肩膀已經硬梆梆的。

❀ 正月も過ぎ、鏡餅はすでにこちこちになってしまっている。

新年已過，麻糬年糕也已經變得硬梆梆了。

ごつごつ 像岩石那樣硬而粗糙，不光滑的樣子。

❀ ごつごつした岩山を登って行った。

去攀爬嶙峋的岩山。

❀ おじいさんの手は大きく、ごつごつしていた。

爺爺的手好大，還硬梆梆的。

ごわごわ 布、紙等等繃得又緊又硬的樣子。

❀ このタオルはごわごわしていて肌触りが悪い。

這毛巾硬梆梆的，觸感不好。

❀ 本の表紙がごわごわしているのは、以前雨に濡らしてしまったからだ。

書的封面之所以硬梆梆的，是因為之前曾淋過雨。

ぶつぶつ　形容表面（粗糙）顆粒狀。

❀ 顔に湿疹がぶつぶつとできた。

　臉上長了一顆一顆的濕疹。

❀ 靴底のぶつぶつが、足の裏にいい刺激を与える。

　鞋底的顆粒物帶給腳底良好的刺激。

清爽、光滑、輕柔　🎧14

さらさら（サラサラ）　①很乾爽、柔順的樣子，沒有濕濕黏黏的感覺。
　　　　　　　　　　　　②書寫順暢的樣子。

❀ 彼女の髪はさらさらでとてもきれいだ。

　她的頭髮輕柔飄逸，相當美麗。

❀ 色紙にサラサラとサインを書いてくれた。

　流暢地在簽名紙籤上幫我簽名。

ざらざら（ザラザラ）　形容物體表面不光滑，好像灑滿了細砂粒般。

❀ 風が強い日は、窓を開けていたら床が砂でざらざらする。

　風強的日子，把窗戶打開後發現地上因為沙子而沙沙的。

❀ この画用紙は、ザラザラしたほうが表になります。

　這張畫紙是沙沙的那面才是正面。

すべすべ　觸感滑順，表面滑滑的樣子。大多用來形容人的肌膚。

❀ 温泉に入った後、肌がすべすべになった。

　泡過溫泉後，肌膚變得光滑柔嫩了。

❀ このよく磨かれた木製の置物の手触りはすべすべで、光沢を放っている。

這經常擦亮的木製擺飾摸起來滑溜且散發光澤。

つるつる 表面上看起來很光滑、滑溜的樣子。

❀ よく温泉に入っていると、お肌はつるつるになるよ。

經常泡湯，肌膚會變得滑嫩哦！

❀ 雪が降った後は、道がつるつる滑って危ない。

降雪後，路上變得滑溜溜的，很危險。

ふわふわ 輕飄飄、軟綿綿的樣子。

❀ 新しいふわふわの布団で寝ると気持ちがいい。

蓋軟綿綿的新棉被睡覺很舒服。

❀ タンポポの綿毛が風にふわふわ舞っている。

蒲公英的棉絮隨風輕柔飛舞。

ふんわり 又輕又軟的樣子。

❀ パンケーキがふんわりとおいしそうに焼けました。

鬆餅烤得軟綿綿的，看起來很好吃。

❀ 肩にショールをふんわり巻いてください。

請在肩膀上輕輕地披上披肩。

🌀 滑、黏、泥濘

ずるずる（ズルズル）①滑溜的樣子。②拖拉著重物、長的物體的樣子。

19

❀ 雪山を登っていたとき、足をふみはずして斜面をずるずる滑り落ちてしまった。

爬積雪山岳時，一腳踩空從斜面滑落。

❀ ズボンの裾をズルズル引きずって歩いている。

拖著褲擺走路。

どろどろ　①滿是泥濘的樣子。②固體溶化成液態的樣子。

❀ 雨上がりの道を歩いたら、くつがどろどろになってしまった。

走在剛下過雨的路上，鞋子全沾滿泥巴。

❀ あまりの暑さに、チョコレートがどろどろに溶けてしまっている。

由於太過於炎熱，巧克力全溶化了。

ぬるぬる　形容物體表面又黏又滑。

❀ シャンプーの容器の下がぬるぬるしている。

洗髮精容器底下黏黏滑滑的。

❀ うなぎはぬるぬるしていてつかまえにくい。

鰻魚滑溜滑溜的以致不易捕捉。

ねばねば（ネバネバ）　很黏、容易沾上別的東西的樣子。

❀ 接着剤が手に付着してしまい、ねばねばしている。

黏著劑沾到手，黏黏的。

❀ 納豆は、ネバネバするまでよく混ぜてから食べてください。

納豆請充分攪拌到黏稠狀後再吃。

ねとねと　黏力很強的樣子。

❀ 飴が暑さで溶け出して、ねとねととしている。

糖果因太熱而溶化，黏答答的。

❀ 指に糊がねとねとついてしまった。

手指沾到漿糊，黏黏的。

べたべた（ベタベタ）　有黏性的東西附著在其他東西上，清不乾淨的樣子。

❀ 汗で肌がべたべたする。

肌膚因流汗而黏答答的。

❀ 汚い手でベタベタと触らないでください。

請不要用髒手碰得黏黏髒髒的。

べとべと　黏答答的東西弄得手或衣服都髒髒的樣子。

❀ 換気扇が油でべとべとだ。

通風扇因為油而黏答答的。

❀ 背中が汗でべとべとだ。

背部因為流汗而黏答答的。

溼 🎧16

しっとり　略含溼氣、潮溼、溼潤的感覺。

❀ 昨夜のフェイスパックのおかげか、今朝は肌がしっとりしている。

可能是因為昨晚敷了面膜，今天早上肌膚變得好水嫩。

❀ 夜露で庭の芝生がしっとり濡れている。

庭院的草坪因夜露而溼潤。

じめじめ　令人不舒服的潮溼。

❀ 梅雨に入り、じめじめした毎日が続く。

　進入梅雨季，每天都溼答答的。

❀ 地下室は通気性が悪く、じめじめしていた。

　地下室通風不良，又潮溼。

じとじと　溼氣重、潮溼的感覺，多用在令人不快的方面。

❀ 日中は、じとじとと汗ばむ陽気になるでしょう。

　白天可能是會讓人汗水涔涔的天氣。

❀ 連日の雨で、何だか畳がじとじとしている。

　陰雨連綿，總覺得榻榻米變得溼氣重。

びっしょり　溼透、溼淋淋的樣子。

❀ 突然の雨で、全身びっしょり濡れてしまった。

　突如其來的雨淋得我全身溼淋淋。

❀ 緊張で汗びっしょりになった。

　因為太緊張而汗流浹背。

びしょびしょ　因雨或水而溼透、溼淋淋的樣子。

❀ 雨漏りで床がびしょびしょだ。

　地板因漏雨而溼答答的。

❀ どうしてそんなに服がびしょびしょなんですか？

　衣服為什麼那麼溼答答的呀？

請填入適當語詞

① アラフォーにもかかわらず、彼女の肌は剝きたてのゆで卵のように＿＿＿＿＿＿＿＿＿＿だ。

② 寒空の下で＿＿＿＿＿＿＿＿＿のおいしい焼き芋を食べた、あの時の味が忘れられない。

③ ガス台のまわりは油や煮汁で＿＿＿＿＿＿＿＿＿＿になりやすい。

④ 洗い立ての制服を、夕方には＿＿＿＿＿＿＿＿＿にして帰ってくるんだよ。男の子ってしょうがないわね。

⑤ 遠くで光が＿＿＿＿＿＿＿＿＿点滅していた。

⑥ 新築の家のキッチンは、シンクやタイルがまだ＿＿＿＿＿＿＿＿＿で、とてもきれいだ。

⑦ オスカー賞に輝いた監督の目からは、＿＿＿＿＿＿＿＿＿とした感激の涙が溢れていた。

⑧ 汗ばむ彼女の額が＿＿＿＿＿＿＿＿＿＿している。

⑨ 大雨が続き、部屋の中まで＿＿＿＿＿＿＿＿＿してきた。

⑩ 寒さで道は凍結し、車のタイヤが＿＿＿＿＿＿＿＿＿＿滑っていた。

1-4 物體、空間、時間的狀態或性質

 空曠、寬敞 🎧17

がらがら 本應有很多人的場所幾乎沒有人，空蕩蕩的。

❀ その映画は全く人気がないようで、映画館はがらがらだった。

那部電影似乎完全沒人氣，整家電影院空蕩蕩的。

❀ 休日の電車に乗ると、がらがらの車内には普段とは全く違った空気が漂っていた。

假日搭乘電車，裡頭空蕩蕩的，散發著與平常完全不一樣的氣氛。

すかすか（スカスカ） 某物體中或某範圍的空間裡有很大的空隙，或是比通常密度還要稀疏的狀態。

❀ 大きなスイカを買ってきたが、切ってみたら中はすかすかだった。

買了顆大西瓜，切開來一看，發現裡面竟乾乾的沒水分。

❀ 雑誌や本をたくさん処分し、本棚はスカスカになった。

處理掉一堆雜誌及書籍，整個書架空蕩蕩的。

ゆったり 舒適、寬敞、舒暢、悠閒的樣子。

❀ 父はリビングルームでゆったりくつろいでいる。

爸爸在客廳悠哉悠哉地放鬆著。

❀ 彼女<ruby>彼女<rt>かのじょ</rt></ruby>はいつもゆったりした<ruby>服<rt>ふく</rt></ruby>を<ruby>着<rt>き</rt></ruby>ている。

她總是穿著寬鬆的衣服。

❀❀❀ 整齊、清楚、有秩序 🎧18

きちんと 很整齊的樣子。

❀ <ruby>松本<rt>まつもと</rt></ruby>さんの<ruby>机<rt>つくえ</rt></ruby>の<ruby>上<rt>うえ</rt></ruby>はいつもきちんと<ruby>整理<rt>せいり</rt></ruby>されている。

松本先生的桌上總是整理得乾乾淨淨的。

❀ <ruby>椅子<rt>いす</rt></ruby>に<ruby>座<rt>すわ</rt></ruby>る<ruby>際<rt>さい</rt></ruby>には、<ruby>足<rt>あし</rt></ruby>をきちんと<ruby>揃<rt>そろ</rt></ruby>えてください。

坐在椅子上時,請併攏雙腿。

くっきり 物品的姿態或形狀清楚地呈現,很顯眼的樣子。

❀ <ruby>快晴<rt>かいせい</rt></ruby>の<ruby>空<rt>そら</rt></ruby>に<ruby>富士山<rt>ふじさん</rt></ruby>の<ruby>姿<rt>すがた</rt></ruby>がくっきり<ruby>浮<rt>う</rt></ruby>かび<ruby>上<rt>あ</rt></ruby>がっている。

萬里無雲的天空清晰地浮現出富士山的山容。

❀ この<ruby>絵<rt>え</rt></ruby>は<ruby>背景<rt>はいけい</rt></ruby>を<ruby>暗<rt>くら</rt></ruby>くしたほうが、<ruby>人物<rt>じんぶつ</rt></ruby>がくっきりと<ruby>見<rt>み</rt></ruby>えて<ruby>効果的<rt>こうかてき</rt></ruby>だと<ruby>思<rt>おも</rt></ruby>う。

我認為這幅畫還是把背景弄暗點,人物看起來較為顯眼,比較有效果。

ずらり／ずらっと 很多人或物排成一列的樣子。

❀ <ruby>首相<rt>しゅしょう</rt></ruby>が<ruby>訪問<rt>ほうもん</rt></ruby>するとあって、ビルの<ruby>前<rt>まえ</rt></ruby>には<ruby>警備員<rt>けいびいん</rt></ruby>がずらっと<ruby>並<rt>なら</rt></ruby>んでいる。

因首相即將來訪,大廈前警護人員排排站著。

❀ <ruby>店頭<rt>てんとう</rt></ruby>には<ruby>人気<rt>にんき</rt></ruby>のある<ruby>商品<rt>しょうひん</rt></ruby>がずらりと<ruby>並<rt>なら</rt></ruby>べてある。

店頭陳列著一排排人氣商品。

㉔ 零散、雜亂 🎧19

ごちゃごちゃ ①雜七雜八的東西很多很亂的樣子。②雜亂無章的樣子。

❀ 彼の机の上はいろいろなものが置いてあって、ごちゃごちゃしている。

他的桌上擺著各種東西，很凌亂。

❀ ごちゃごちゃ言わないで、さっさと言う通りにしてください。

別囉哩囉嗦的，乖乖照著我所說的去做。

ばらばら（バラバラ） 零星，零零散散，分散的樣子。

❀ 父が仕事を失ってから、家族ばらばらに生活することになった。

自從父親失業後，家人就開始分開生活。

❀ せっかくまとめた資料をバラバラにしないでよ。

好不容易整理好的資料別弄得零零散散的嘞！

㉕ 彎曲、變形、凹陷 🎧20

うねうね 道路、山川等等，如波浪一般高低起伏、蜿蜒彎曲。

❀ うねうねと曲がった一本道は、木々の間を抜けて延々と続いていた。

彎彎曲曲的一條小路，從群樹間穿過蜿蜒伸展。

❀ うねうねと連なる山並みの風景を描く。

描繪出峰峰相連的風景。

くねくね 彎來彎去的樣子，大多使用在道路、河川等等的長的東西。

❀ くねくね曲がった山道を登って行った。

攀爬曲折蜿蜒的山路。

❀ 蛇が体をくねくねと動かしている。

蛇身蜿蜒地扭動。

ぐにゃぐにゃ ①形容物體被強大的外力擠壓而扭曲變形的樣子。
②形容身體柔軟或發軟的樣子。

❀ ストーブの近くに置いていた人形がぐにゃぐにゃになってしまった。

放在暖爐旁的洋娃娃扭曲變形了。

❀ ダンサーは体をぐにゃぐにゃと、自由自在に動かしている。

舞者自由自在地扭動著身軀。

ぐにゃりと 由於外力或受熱後而變形的樣子。

❀ 火事のあった現場は鉄骨が熱でぐにゃりと飴のように曲がっていた。

火災現場的鋼筋因高溫而像糖果般地扭曲變形。

❀ 棒は簡単にぐにゃりと折れ曲がった。

棍子輕易地就扭曲彎折了。

ぼこっと 空了一個大洞似的凹陷。

❀ 壁にぼこっと大きな穴があいている。

牆上破了個大洞。

❀ 昔、爆弾が投下された土地の一部が、ボコッとへこんでいるのがわかる。

我知道從前炸彈炸掉的部分土地,還留著凹洞。

ぱんぱん 某種東西膨脹到快爆開、破裂的樣子,同時也形容爆開的聲音。

❀ いろいろ詰め込んで、かばんがぱんぱんになってしまった。

塞了各種東西,包包變得鼓鼓的。

ぺこんと　硬薄材料的物體因擠壓或碰撞而使一些地方凹陷。

❀ 鍋を落としたら、ぺこんとへこんでしまった。

不小心掉落了鍋子，撞出了凹陷。

剛好、接近極限　🎧 21

きっかり　有正好的意思。用在剛好是一個整數單位的數量上。

❀ 6時きっかりに目が覚めた。

剛好在6點醒來。

❀ 千円きっかり頂戴しました。

收您一千元整。

きっちり　①時間或數量剛好的樣子。②沒有鬆緩和間隙的情況。③確實。

❀ 講演はきっちり1時間かかった。

演講剛好花了1小時。

❀ 壁の隙間にきっちり入る家具を探している。

我正在找可剛好塞進牆壁窄縫的傢俱。

❀ 時間をきっちり守ってください。

請確實遵守時間。

ぎっしり　形容東西塞得滿滿的，一點空隙都沒有的樣子。

❀ この店の鯛焼きは頭からしっぽまであんこがぎっしり詰まっている。

這家店的鯛魚燒從頭到尾都塞滿紅豆餡。

❀ 弁当箱の中にはおいしそうな料理がぎっしりと詰まっていた。

便當盒裡裝滿了各種看來很好吃的菜。

ぎりぎり 極限、危險的邊緣。

❀ 10 時の新幹線にぎりぎり間に合った。

剛剛好趕上 10 點的新幹線。

❀ もうすぐ来るだろうから、時間ぎりぎりまで待ってみよう。

大概就快來了，我們就等到最後吧！

しっくり 物品或內心等等，沒有距離、間隔、空隙或落差，剛剛好吻合的
樣子。

❀ たくさんの人とお見合いをしてきたが、どの人ともしっくりこない。

雖然和很多人相過親，但沒有一個適合。

❀ 最近、チームメートとしっくりいっていないらしいね。どうしたの？

你最近似乎和隊友處不好，怎麼了呢？

そろそろ 即將、差不多的意思。

❀ もう 8 時ですね。そろそろ失礼します。

已經 8 點了，差不多該告辭了。

❀ さっきメールがあったから、そろそろ帰って来るころだと思います。

剛才他 mail 給我，所以我想他差不多快回來了。

ぴったり 很吻合、符合，剛剛好的樣子。

❀ そのガラスの靴はシンデレラの足にぴったり合いました。

那雙玻璃鞋剛剛好合灰姑娘的腳。

❀ 息をぴったり合わせて、踊ってください。

跳舞時請配合好呼吸。

1-4

物體、空間、時間的狀態或性質 ⊙ 剛好、接近極限

數量、尺寸

ぶかぶか　衣服或鞋子等等過大，有空隙的樣子。

❀ 新しく買った靴はぶかぶかで、すぐ脱げてしまう。

新買的鞋子鬆垮垮的，動不動就掉。

❀ ダイエットのおかげで、去年の服はもうぶかぶかだ。

拜減肥所賜，去年的衣服變得鬆垮垮的。

たっぷり　物體的數量或時間等相當多，非常充裕。

❀ 今回の旅行は自由時間がたっぷりあるから楽しみだ。

這次的旅行有很多個人時間，所以很期待。

❀ グラスにたっぷり水を注いだ。

在杯子裡倒滿水。

きちきち　①衣服或鞋子等等尺寸剛好沒有空隙的樣子。②分量、時間或空間無餘裕的樣子。

❀ このズボンは、ウエストがきちきちでもうはけなさそうだ。

這件褲子的腰圍已經有點緊了，看來不能穿了。

❀ 今日は朝からスケジュールがきちきちだ。

今天從早開始便行程滿檔。

だぶだぶ　衣服等等的東西過大，不吻合、不符合的樣子。

❀ 兄の服を弟が着るとだぶだぶだ。

弟弟一旦穿上哥哥的衣服便顯得鬆垮垮的。

❀ 彼_{かれ}はいつもだぶだぶの服_{ふく}を着_きている。

他總是穿著鬆垮垮的衣服。

🪭 請填入適當語詞

① 父_{ちち}が残_{のこ}してくれたコートを着_きてはみたものの、＿＿＿＿＿＿＿でどうにも格好_{かっこう}がつかない。

② 太_{ふと}ってきたのかなあ、なんだかこのジーンズ、もう＿＿＿＿＿＿＿＿で着_きられないよ。

③ 子供_{こども}たちはガラス窓_{まど}に＿＿＿＿＿＿＿＿＿＿顔_{かお}を付_つけて、おもちゃ屋_やの中_{なか}をじっと覗_{のぞ}き込_こんでいた。

④ この機械_{きかい}は大_{おお}きすぎるから、＿＿＿＿＿＿＿＿＿に解体_{かいたい}して運_{はこ}ばないと無理_{むり}だ。

⑤ みんな、差_さし入_いれも食_たべ終_おわったことだし、＿＿＿＿＿＿＿＿＿仕事_{しごと}に戻_{もど}るか？

⑥ その会社_{かいしゃ}は＿＿＿＿＿＿＿＿＿曲_まがった路地_{ろじ}の奥_{おく}にある町工場_{まちこうば}だった。

動作的狀態、聲音

 **刺**

ぐさっと ①用刀刃等尖銳的東西，深深刺入的感覺。②形容因為某人的言語，心裡受到打擊的樣子。

❀ 闘牛士は牛の背中をぐさっと突き刺した。

鬥牛士一刀刺入牛背。

❀ 彼の言葉は彼女の心をぐさっと傷つけた。

他所說的話深深刺傷她的心。

ちくっと ①被針等等的東西刺到的樣子，當下感覺到疼痛，一瞬間的感覺。②稍微。

❀ 医者：「はい、ちょっとちくっとしますけど、我慢してくださいね。」
（注射するとき）

醫生：「好，會有一點刺痛，忍耐一下哦！」（打針時）

❀ 最後にちくっと嫌味を言われた。

最後被挖苦了一下。

ぶすっと 將很尖銳的物品用力刺向很柔軟的東西的樣子及聲音。

❀ モリで魚をぶすっと突き刺した。

用魚叉噗哧一聲刺向魚。

❀ 重ねた新聞紙に、きりで一気にぶすっと穴をあけた。

用錐子一口氣噗哧一聲刺破層疊的報紙，刺出個洞。

 切、剪 🎧24

さくさく（サクサク） 俐落地切蔬菜、踏雪、咬食物等等的聲音。

❀ サクサクというキャベツの千切りの音が聞こえる。

　傳來喀嚓喀嚓切高麗菜的聲音。

❀ 母が焼いてくれたクッキーを、一人でサクサク食べてしまった。

　一個人咔嗞咔嗞地吃掉媽媽烤的小餅乾。

さっくり 很熟練地切東西的樣子。

❀ スイカにさっくり包丁を入れた。

　俐落地拿菜刀切西瓜。

❀ まずはビスケットをさっくりと二つに割ってください。

　首先，請俐落地把餅乾分成二半。

ざっくり 用力切東西的樣子，特別是將一個東西分成大塊大塊時使用。

❀ 鍋に入れる白菜はざっくり切ってください。

　把要入鍋的白菜切成幾個大塊。

❀ カッターナイフで親指をざっくり切ってしまった。

　美工刀割傷了姆指。

すぱっと（スパッと） ①用刀刃將東西切得很漂亮很整齊。②形容下定決心
而一氣呵成的樣子。

❀ 新しい包丁は、柔らかいトマトもすぱっと切れる。

　新菜刀連柔軟的蕃茄都能切得漂亮。

❀ 彼は先月、会社をスパッと辞めた。

他上個月毅然決然地辭職了。

ちょきちょき（チョキチョキ）剪刀連續剪東西的聲音。

❀ 布をはさみでチョキチョキ切る。

用剪刀喀嚓喀嚓地剪布。

❀ 前髪をちょきちょき切っていたら、思いのほか切りすぎてしまった。

喀嚓喀嚓地剪掉瀏海，發現剪太多了。

敲打、拍打、壓 🎧25

がんがん（ガンガン）①形容聲音響亮又很吵，或形容敲打聲很響亮很激烈的樣子。②似有聲音在腦中轟轟作響，非常劇痛的樣子。

❀ 子どもたちがドラム缶をがんがんたたいて遊んでいる。

孩子們噹噹地敲油桶罐玩。

❀ 二日酔いで頭がガンガン痛い。

因為宿醉而頭痛欲裂。

とんとん（トントン）形容持續輕輕敲打的聲音，例如敲門的聲音，和「こんこん」相似。

❀ ドアをとんとんとノックした。

咚咚地敲門。

❀ 肩こりのおばあちゃんの肩を、トントンと叩いてあげた。

我咚咚地敲著奶奶酸痛的肩。

ばしっと（バシッと）①斷裂、用力打擊的聲音。②向對方嚴厲地說某事的樣子。

❀ 先輩は「元気を出せよ」と俺の背中をばしっとたたいた。

學長用力拍拍我的肩膀說「打起精神哦」。

❀ 太い枝をバシッと折った。

啪地一聲把粗樹枝折斷。

❀ 冷たい彼女に一度バシッと言わなければだめだ。

要向冷漠的她嚴正地說一說。

どんどん（ドンドン）強力持續敲打的聲音，比「とんとん」還要再更大力地敲擊。

❀ 祭りの会場から太鼓をどんどんとたたく音がきこえる。

從祭典會場傳來咚咚的敲鼓聲。

❀ 二階で子供がドンドンと騒いでいる。

孩子在 2 樓咚咚地吵鬧著。

 **清洗、擰絞** 26

じゃぶじゃぶ（ジャブジャブ）①大量的液體搖動時所發出的聲音，例如洗衣服時攪動的聲音。②浸在水中走路的樣子及聲音。

❀ バケツで雑巾をじゃぶじゃぶ洗った。

在水桶裡嘩啦嘩啦地洗毛巾。

❀ じゃぶじゃぶと歩いて川を渡る。

嘩啦嘩啦地涉水渡河。

ごしごし 很用力刷洗的樣子及聲音。

✿ カレーがついた鍋^{なべ}をごしごしと洗^{あら}った。

用力刷洗沾黏著咖哩的鍋子。

✿ 濡^ぬれた体^{からだ}をタオルでごしごし拭^ふいていた。

用毛巾用力擦拭濕濕的身體。

🍳 烤、煎、燃燒 ㉗

こんがり 食物等等的東西，帶著一點點烤焦的程度。肌膚受到日曬時也可
使用。

✿ こんがり焼^やいたパンにバターをたっぷり塗^ぬって食^たべる。

烤得微焦的麵包塗上奶油再吃。

✿ 肌^{はだ}はすっかりこんがりと日焼^{ひや}けをしてしまった。

肌膚被晒得黑黝黝的。

じゅうじゅう（ジュージュー） 魚或肉等等在平底鍋或鐵板上煎烤的聲音及
狀態，常形容在含有油脂的東西上。

✿ みんなで焼肉^{やきにく}をジュージュー焼^やいて食^たべましょう。

大家一起把烤得滋滋作響的烤肉吃了吧！

✿ お好^{この}み焼^やきがジュージューとおいしそうに焼^やけている。

什錦燒滋滋地煎，看來好美味。

じりじり ①形容含有油脂的東西漸漸烤熱或是已經烤熟的情景及聲音。
②形容陽光如火烤般的熾熱。

❀ 網の上で魚がじりじりと焼けてきた。

魚在鐵網上滋滋地烤得熟透。

❀ じりじり焼きつくような日差しの中、3キロの道を歩いて学校へ行くのは大変だ。

烈日之中走3公里的路到學校，真是辛苦。

ぼうぼう　燃燒範圍廣大，火勢迅速地燃燒的聲音及情景。

❀ 山火事で、木がぼうぼう燃え盛っている。

樹木因火燒山而熊熊燃燒。

❀ キャンプファイヤーの火は、煙を上げながらぼうぼうと勢いよく燃えている。

營火冒著煙，熊熊燃燒著。

ぼっと　著火後瞬間火勢變大的樣子及發出的聲響。

❀ その気体にライターの火を近づけたら、ぼっと燃え上がってすぐに消えた。

拿打火機的火一靠近該氣體，便一下子燃燒起來，然後又隨即熄滅。

❀ ガスコンロのスイッチをひねると、ぼっと火が点いた。

一轉開瓦斯爐的開關，火便忽然砰地燒起來。

 折斷　28

ばきっと　較為粗大的東西被折斷的聲音。

❀ 整体師が首をひねると、ばきっと大きな音がした。

推拿師一將頭扭動，便發出咔的聲音。

❀ 枝を数本まとめて、一気にばきっと折ってしまった。

拿好幾根樹枝，一口氣咔地折斷。

ぽきっと　細又堅固的東西被折斷的聲音。有脆弱的感覺。

❀ 木の枝がぽきっと折れた。

樹枝咯嚓應聲折斷。

❀ 指の関節をぽきっと鳴らした。

咔啦咔啦地折指關節。

碰撞、滾動、繞圈　🎧29

がたんと　①形容堅固的重物撞擊、搖晃等所發出的巨大聲響。②急劇。

❀ 電車はがたんと大きく揺れて、止まった。

電車嘎地一聲劇烈搖晃了一下，然後停了。

❀ いすががたんと倒れた。

椅子砰地一聲倒了。

❀ 彼は急にがたんと席を立ち、外へ走っていった。

他驟然離席，跑到外頭去了。

がらがら　形容打開或關閉拉門的聲音，也形容硬物相撞的聲音。

❀ 毎朝6時にシャッターをがらがらと開ける音が聞こえる。

每天早上6點都傳來嘎啦嘎啦拉起鐵捲門的聲音。

❀ 箱の中の空き缶がガラガラと音を立てている。

箱子裡的空罐子發出嘎啦嘎啦的聲音。

くるくる 持續轉動的樣子。

❋ コマがくるくる回（まわ）っている。

陀螺團團地轉。

❋ 手（て）に包帯（ほうたい）をくるくると巻（ま）いた。

用繃帶層層把手纏起來。

ぐるぐる 看上去很沉重的物體一直繞著大圓圈轉動。

❋ 遊園地（ゆうえんち）のメリーゴーランドがぐるぐる回（まわ）っている。

遊樂園的旋轉木馬一圈圈地轉著。

❋ 捕（と）らえられた犯人（はんにん）の体（からだ）は、縄（なわ）でぐるぐると縛（しば）られていた。

遭到逮捕的犯人的身體被用繩子一圈圈地綁起來。

ぐるっと 在同一個地方繞圈狀。

❋ 自転車（じてんしゃ）で池（いけ）の周（まわ）りをぐるっと一周（いっしゅうはし）走った。

騎腳踏車在池塘邊轉了一圈。

❋ まだ時間（じかん）もあるし、ちょっとその辺（へん）ぐるっと散歩（さんぽ）してくるよ。

也還有時間，我就在這附近轉轉、散散步。

こつんと 輕輕地撞到小而硬的東西時所發出的聲音。

❋ 彼女（かのじょ）の部屋（へや）の窓（まど）に小石（こいし）をこつんとぶつけた。

她的房間窗上被鏗地一聲丟了小石頭。

❋ スプーンがガラスのコップにこつんと当（あ）たった。

湯匙鏗地一聲碰到了玻璃杯。

ころころ（コロコロ） 較小的物體輕輕滾動、轉動的樣子。

❀ パチンコ玉が一つころころと転がっていった。

　一顆小鋼珠骨碌骨碌地滾動著。

❀ ボールがころころと転がって行った。

　球骨碌骨碌地滾了下去。

ごつんと（ゴツンと） 撞到很重又很硬的東西時發出的巨大聲響。

❀ 立ち上がったとき、頭をテーブルにごつんとぶつけた。

　站起來時，頭鏗地一聲撞到了桌子。

❀ げんこつで頭をゴツンと叩かれた。

　被用拳頭鏗地一聲敲了頭。

ごろごろ（ゴロゴロ） 又重又大的物體滾動的樣子。

❀ 坂の上から大きな岩がごろごろと転がってきた。

　巨大的岩石從山坡上轟隆轟隆地滾落下來。

❀ 荷物の載せた台車をゴロゴロ引いてきた。

　轆轆地拖曳載滿貨物的手推車。

🔊 掉落、飛落 🎧30

どさっと 形容很重或很大型的東西，掉了、倒了或者丟出去所造成的聲音。

❀ かついでいた大きな荷物を床にどさっと下ろした。

　把肩挑的大行李啪地一聲放到地上。

❀ 積み重ねていた本や辞書が、机の上からどさっと落ちた。

　層層疊疊堆著的書及字典從桌上啪嗒啪嗒地掉下來。

40

どすんと（ドスンと） 形容重物掉落、倒下所發出的聲響。

❀ バランスを崩して木からどすんとおっこちた。

失去平衡，從樹上咚地一聲掉下來。

❀ 急に前から押されて、後ろにドスンと尻もちをついてしまった。

突然從前面被推了一下，害我咚地一聲往後跌坐。

ばたんと（バタンと） ①稍微重一點的東西撞到而倒掉的聲音。②門等等的東西大力關上的聲音。

❀ 部屋の外からばたんと何かが倒れるような音がした。

房間外傳來砰地一聲，像是什麼東西倒下的聲音。

❀ 彼女は怒ってドアをばたんと閉めた。

她生了氣，砰地一聲關上門。

ぱたんと（パタンと） ①比較輕的東西撞到而倒掉的聲音。②門窗等等輕輕關上的聲音。

❀ 彼女は読んでいた本をぱたんと閉じた。

她輕輕關上原本在看的書。

❀ 風でドアがパタンと閉まった。

門因風吹而輕輕砰的一聲關上了。

ぱらぱら（パラパラ） ①雨或鹽巴等等，小小顆粒狀的東西掉落或下降的聲音及狀態。②也形容翻書的聲音及樣態。

❀ 小雨がぱらぱらと降っている。

小雨淅瀝淅瀝地下著。

❀ ごはんの上にごま塩をぱらぱらと振り掛けた。

在白飯上稀稀疏疏地撒上芝麻鹽。

❀ 本のページをパラパラめくる。

啪啪地迅速翻著書頁。

ぽたぽた（ポタポタ） 水滴等液體一滴一滴地連續落下的情景。

❀ 天井から雨水がぽたぽたと漏れている。

雨水從天花板滴答滴答地滴漏下來。

❀ ペットボトルの底から水がポタポタ垂れていた。

水滴從保特瓶底答答地滴落下來。

ぽんと（ポンッと） ①比較輕小的東西一鼓作氣地使它飛出來、彈出來，或
輕微破裂的聲音。②輕拍狀。③隨意丟擲物品狀。

❀ シャンパンの栓をぽんと抜いて、誕生日を祝った。

砰地一聲拔出香檳瓶塞，（開香檳）慶祝生日。

❀ テーブルの上に今朝の新聞をポンッと置いた。

砰地一聲將今天的早報擺到桌上。

搖晃 `31`

がたり（ガタリ） 硬而重的東西碰撞或是搖動時發出的聲音。

❀ その男性は、思わず椅子からがたりと立ち上がった。

那個男人不由自主地從椅子猛然站了起來。

❀ 外から何やらガタリと雨戸を揺らす音が聞こえた。

外頭傳來嗄嗒嗄嗒搖晃雨窗的聲音。

がたがた（ガタガタ） ①堅硬的東西相互碰觸所發出的連續嘈雜聲。

②發抖的樣子。

❀ 地震で部屋の家具ががたがたと揺れ続けた。

房間裡的傢俱因地震而嘎啦嘎啦搖晃作響。

❀ 砂利道を走るトラックの荷台がガタガタ音を立てている。

開在砂子路上的卡車發出嘎啦嘎啦的聲音。

ぐらり／ぐらっと 突然大幅地搖晃的樣子。

❀ 大きな岩がぐらりと傾いた。

巨大岩石搖搖晃晃地傾斜起來。

❀ その男は階段を踏み外した瞬間、ぐらっと体のバランスを崩した。

那個男子踩空樓梯瞬間，身體搖搖晃晃地失去平衡。

ゆらり／ゆらっと ①緩慢、大幅地搖晃的樣子。②舒暢的樣子。

❀ 大きな旗がゆらっとはためいた。

大型旗幟幡然隨風翻飛。

❀ 船の旅をゆらりと楽しみたい。

想舒暢地享受遊船之旅。

ゆらゆら 緩慢、大幅地反覆搖晃的樣子。

❀ 川面に映った月がゆらゆらと揺れている。

映照在河面的月光輕輕浮蕩著。

❀ 温泉の湯気がゆらゆらと立ち上る。

溫泉的熱氣裊裊上升。

ゆさゆさ　重而巨大的東西緩慢地搖晃的樣子。

❋ 象は大きな体をゆさゆさと揺らしながら歩いた。

大象搖晃著龐大身軀走著路。

❋ ゆさゆさと木を揺すって、落ちた実を拾う。

用力搖晃樹木，撿拾掉落的果實。

❀ 其他物體發出的響聲：

・門鈴等＝ピンポン　　　・鬧鈴等＝リーン

・答鈴（錯誤答案）＝ブー

請填入適當語詞

① 父は疲れて痛くなった腰を拳で＿＿＿＿＿＿＿＿やっている。

② 小河にかかった古い橋は、僕が二、三歩踏み出した途端に、＿＿＿＿＿＿＿＿折れてしまった。

③ お医者さんはゴムの管の先に付いた太い針を僕のお尻に＿＿＿＿＿＿＿突き立てた。

④ 火が強すぎて、ステーキが＿＿＿＿＿＿＿と焦げ付いてしまった。

⑤ 夫は買ってきてくれたメロンを、さっそく包丁で＿＿＿＿＿＿＿切り分けてくれた。

⑥ 床に落ちた鉛筆はそのまま＿＿＿＿＿＿＿と向こうの椅子の下に転がっていった。

⑦ 書類を出したが、担当違いだと＿＿＿＿＿＿＿たらい回しにされているので、埒が明かない。

⑧ 何もすることがないと見えて、彼女は＿＿＿＿＿＿＿と雑誌を捲りながら、つまらなそうに読んでいる。

⑨ 「大丈夫、大丈夫、俺に任せといて」と、彼は＿＿＿＿＿＿＿私の肩を優しく叩いた。

⑩ 汚れた手を水で＿＿＿＿＿＿＿洗っている。

1-6 人體的動作、聲音

 睡覺 32

うつらうつら　昏昏欲睡的樣子。

❋ 熱があるのか、一日中うつらうつらしていた。

大概是因為發燒，一整天頭都昏昏的。

❋ お腹がいっぱいになったのか、赤ちゃんはしだいにうつらうつらとしていった。

大概是因為吃太飽，小嬰兒漸漸地昏睡了。

うとうと　在極短的時間內打瞌睡的樣子。

❋ 仕事中ついうとうとしてしまった。

在工作中一不小心，打起瞌睡來。

❋ こたつに入ってテレビを見ていたら、いつの間にかうとうとと眠ってしまっていた。

鑽進被爐（桌面下蒙著被子的暖爐）看電視，不知不覺間竟打盹了起來。

ぐうぐう　形容呼呼大睡的樣子以及打呼的聲音。

❋ 主人はぐうぐういびきをかいて寝ている。

老公鼾聲連連睡得香甜。

❋ 昨日疲れていたのか、今朝は 10 時までぐうぐうと眠ってしまった。

大概是昨天太累了，今天早上竟鼾聲連連睡到 10 點。

ぐっすり　睡得很香很沉的樣子。

❀ 昨晩はぐっすり眠っていたものだから、地震に全く気づかなかった。

昨晚睡得很香甜，完全沒注意到有地震。

❀ やわらかい布団の中で、子どもたちはぐっすりと眠りについた。

孩子們在柔軟的綿被中睡得好甜。

こくりこくり　前仰後合地打瞌睡。

❀ 電車の中で、おじいさんがこくりこくりと居眠りをしている。

老爺爺在電車裡睡得前仆後仰。

❀ ソファーでこくりこくりと眠りかけていると、突然の電話が鳴った。

在沙發上睡得前仆後仰時，突然電話響了。

こんこんと〔昏々と〕　睡得很死，看起來很像失去知覺的人一樣。

❀ 娘は手術のあと、二日間昏々と眠り続けた。

女兒在手術後連續昏睡了二天。

❀ 疲労が溜まっていたようで、夫は昏々と眠っている。

似乎是累積了不少疲勞，老公睡死了。

すやすや　形容睡覺時伴隨著輕輕的呼吸聲，睡得很香甜的樣子，通常用來形容嬰兒或幼兒及動物睡覺時的樣子。

❀ 赤ちゃんがすやすや眠っている。

嬰兒睡得好甜。

❀ 縁側で猫がすやすやと寝ている。

貓在（日式）緣廊睡得好香。

 哭 ⟨33⟩

うるうる　形容因感動或悲傷而眼眶泛淚的樣子。

❀ その映画を見たとき、感動でうるうるした。

看那部電影時，感動到眼眶泛淚。

❀ 「ありがとう」と言われて、思わずうるうるときてしまった。

對方說了聲「謝謝」，我不禁眼眶泛淚。

えんえん　形容小孩子嗚咽哭出聲音的樣子。

❀ 娘は友だちにいじめられてえんえん泣いていた。

女兒被朋友欺負，嗚嗚地哭了起來。

❀ 大声でえんえんと泣き続ける妹を慰めてやった。

安慰嚎啕大哭的妹妹。

ぎゃあぎゃあ　形容嬰兒或幼兒大聲哭叫的樣子及聲音。

❀ 赤ちゃんが大きな声でぎゃあぎゃあ泣いている。

嬰兒大聲嚎哭著。

❀ 外でぎゃあぎゃあと子どもの声がうるさい。

外頭小孩大聲嚎哭的聲音好吵。

しくしく　形容女生或小孩子很柔弱又小聲地哭，或抽噎、啜泣地哭。

❀ 大好きな彼のことを思って、毎晩一人でしくしく泣いている。

想著心上人，每天晚上獨自啜泣。

❀ 友だちとけんかでもしたのか、娘はしくしく泣きながら帰ってきた。

大概是和朋友吵架了，女兒抽抽噎噎地哭著回家來。

めそめそ 覺得很失望或難過而低聲哭泣。

✿ 彼女にふられたからって、いつまでもめそめそするな。

就算被女友甩了，也別老是哭哭啼啼的。

✿ 息子は幼稚園でいじめられても、いつもめそめそ泣くだけでやり返さないらしい。

兒子就算在幼稚園被欺負，聽說也只是哭哭啼啼的，不會還手。

わあわあ 形容哇哇地大聲哭叫的樣子及聲音。

✿ 彼女は人の目も気にせず、道に座り込んでわあわあ泣き出した。

她若無旁人地坐在路邊哇哇大哭。

✿ けがをした子どもが、わあわあと大声で泣いている。

受了傷的小孩子哇哇大哭著。

わんわん 形容人大聲哭泣的樣子。

✿ 迷子の子どもがわんわん大声で泣きながら母親を探している。

迷了路的小孩正哇哇大哭地找媽媽。

✿ 男の子はおもちゃを取り上げられると、急にわんわん泣き出した。

小男孩被拿走玩具，突然哇哇大哭起來。

 笑 34

くすっと 忍不住笑出來的樣子，噗嗤一笑，竊笑。（同「くすりと」，但是「くすりと」較為少用。）

✿ 彼の失敗した様子を見て、私は思わずくすっと笑ってしまった。

看到他出包的樣子，我不禁啞然失笑。

❀ 漫画を読みながら、その人は小さくくすっと笑った。

邊看漫畫，那個人噗嗤地笑了出來。

くすくす 在對方不知道的情況下憨笑的樣子。主要是形容女性笑的樣子。

❀ 授業中、後ろの方の席で女子学生たちが何かを見ながらくすくす笑っている。

上課中，後座的女學生們邊看著什麼邊嗤嗤地笑。

❀ 僕の服装が、何やら周りからくすくす笑われているような気がする。

覺得周遭的人好像在嗤嗤地笑著我的服裝。

げらげら（ゲラゲラ） 大聲笑出來的樣子，有一點吵的感覺。

❀ 子どもたちはおもしろいテレビ番組を見て、げらげら笑っている。

孩子們看著好笑的電視節目，咯咯大笑。

❀ 漫才を聞いているお客さんは、みんなゲラゲラ笑い転げている。

聽著相聲的客人全都笑得前仆後仰。

にこにこ 開朗、溫柔微笑的樣子，常用在開心、高興時，沒有笑出聲音。

❀ 隣の家の花子ちゃんは毎朝にこにこしながらあいさつしてくれる。

隔壁的花子每天早上都笑咪咪地對我打招呼。

❀ 先生はにこにこしながら、学生たちの様子を見守っている。

老師笑咪咪地注視著學生們的動靜。

にたにた（ニタニタ） 不出聲地陰森森地笑。

❀ いたずら好きの彼が、何やらニタニタしながら近づいてきた。

愛惡作劇的他陰森森地笑著走了過來。

❀ 私たちの失敗を見て、相手チームはにたにたしている。

敵隊奸笑地看著我們失敗。

にっこり 微笑的樣子。

❀ 目が合うと彼女はにっこり笑って頭を下げた。

一四目相接，她立刻微笑低下頭去。

❀ 落としたハンカチを拾ってあげると、その人はにっこりと「ありがとう」と言った。

我才幫忙撿起掉下的手帕，那個人就微笑說了聲「謝謝」。

にやにや 暗暗自喜某件事情或為有趣的事竊笑。也形容有點心懷不軌的笑容。

❀ 昨日のデートのことを思い出して、一人でにやにやしてしまった。

想起昨天的約會，一個人暗自竊笑。

❀ 彼はテストの点数が良かったと、にやにやしながら自慢してきた。

他暗暗高興著說考得不錯，驕傲起來。

吃、咬、咀嚼 35

がつがつ 食慾很好，很想吃東西而吃得很急的樣子。

❀ 彼はよほどお腹がすいていたのか、目の前の料理をがつがつと食べ始めた。

大概是因為太餓了，他開始狼吞虎嚥地吃起眼前的菜。

❀ 急いでがつがつ食べると、後でお腹が痛くなるよ。

吃得太猛，稍後會肚子痛的哦！

かりかり（カリカリ） ①咀嚼、咬碎硬的東西的聲音及樣子，比較輕的感覺。②把很硬的東西拿來書寫的聲音及樣子。③咬東西時恰到好處的酥脆口感。

❀ 小魚をかりかりに揚げる。

將小魚炸得酥脆。

❀ 彼の部屋からはかりかりと論文を書く鉛筆の音だけが聞こえてくる。

從他的房間只傳來沙沙地用鉛筆撰寫論文的聲音。

❀ 兎はそのままにんじんにカリカリかじりついた。

兔子就這樣咔吱咔吱啃著紅蘿蔔。

がりがり（ガリガリ） 咀嚼、咬碎硬的東西，或削東西的聲音及樣子，有一點粗魯的感覺。

❀ ネズミが壁をがりがりかじっている。

老鼠嘎吱嘎吱啃咬著牆壁。

❀ かき氷を作ろうと、氷をガリガリ削り始めた。

打算作刨冰，開始咯吱咯吱刨起冰塊來。

こりこり ①咬起來很脆的樣子或聲音。②肌肉僵硬的樣子。

❀ 沢庵のこりこりした歯触りが好きだ。

我喜歡醃蘿蔔咔哩咔哩脆脆的口感。

❀ 肩が凝って、もうこりこりだ。

肩膀好僵硬，已經硬梆梆了。

がぶっと（ガブッと） 嘴巴張很大，一口氣咬下去、咀嚼的樣子。

❀ 大きいハンバーガーにがぶっとかぶりついた。

張大嘴巴一口咬下大漢堡。

❀ 突然、犬は人間の腕にガブっとかみついた。

突然，狗張大嘴巴咬住了人的手臂。

くちゃくちゃ 咀嚼東西時的聲音及樣子，特別是嘴巴張開咀嚼口香糖等等的聲音。給人沒氣質或者沒規矩等等不好的感覺。

❀ 映画館で、隣の人がガムをくちゃくちゃ噛む音が気になって仕方がない。

在電影院裡，隔壁那個人嘖嘖地嚼著口香糖的聲音，讓我非常介意。

❀ 口を開けてくちゃくちゃと食べないでください。

吃（東西）別張開嘴巴發出嘖嘖聲。

ぱくぱく（パクパク） 大口地吃著東西的樣子。

❀ 息子はどんなものでもおいしそうにぱくぱく食べる。

兒子不管吃什麼東西都一口一口吃得津津有味。

❀ 大好物の餃子を、次から次へと口にパクパク運んだ。

一口接一口地吃著最喜歡的餃子。

ぽりぽり 咬碎脆硬的東西的聲音。

❀ おばあちゃんが漬物をぽりぽりとかじっている。

奶奶咔吱咔吱地嚼著泡菜。

❀ テレビを見ながらお菓子をぽりぽり食べている。

邊看電視邊咔吱咔吱地吃零食。

もぐもぐ　閉著嘴巴咀嚼，沒有發出聲音吃東西的樣子。

❀ 牛が草をもぐもぐ食べている。

牛兒一個勁地嚼著草。

❀ 彼は何も言わず、料理をもぐもぐと頬張っていた。

他什麼也不說，鼓著腮頰大口嚼著菜。

 飢餓・口渇　36

ぺこぺこ（ペコペコ）肚子非常飢餓的樣子。

❀ 朝から何も食べていなくて、もうお腹がぺこぺこだ。

早上到現在什麼都沒吃，肚子已經餓得咕嚕咕嚕叫。

❀ ペコペコのお腹を我慢して、残りの仕事を片付けた。

忍耐著飢腸轆轆，把剩餘的工作做完。

ぐうぐう　肚子餓而發出的叫聲。

❀ 空腹でさっきからお腹がぐうぐうなっている。

從剛剛開始，肚子就餓得咕嚕咕嚕地叫著。

❀ みんなお腹をぐうぐう言わせながら、最後の作業を続けている。

大家全都飢腸轆轆地繼續完成最後的工作。

からから（カラカラ）口乾得不得了。

❀ 暑くてのどがカラカラなんだけど、何か冷たいものない？

天太熱，口乾舌燥，有沒有什麼冷飲？

❀ 緊張でのどがからからだ。

緊張到口乾舌燥。

喝、吸、舔 37

ごくごく　喝水時的吞嚥聲。

❀ 風呂上りに 牛 乳 をごくごく飲んだ。

　　洗完澡咕嚕咕嚕地喝了杯牛奶。

❀ ビールで一気にごくごくとのどを 潤 した。

　　大口咕嚕咕嚕地喝啤酒來止渴。

がぶがぶ　大口大口喝東西的樣子。

❀ スポーツをして汗をかいた後、水をがぶがぶ飲んだ。

　　運動流汗後，大口大口地喝了水。

❀ そんなにお酒をがぶがぶ飲んで、大丈夫？

　　那麼樣子地大口喝酒，沒問題吧？

ぐいぐい　形容一鼓作氣地猛喝喝酒、飲料、水等等的樣子。

❀ よほど喉が渇いていたようで、生ビールをぐいぐい飲み干した。

　　似乎是非常口渴了，咕嚕咕嚕地把啤酒一飲而盡。

❀ 速いペースでお酒をぐいぐい飲んでいる。

　　以極快速度咕嚕咕嚕地喝著酒。

ぐいっと（グイッと）　一口氣將飲料喝下去的樣子，大多與酒相關。

❀ 彼はコップの中の日本酒をぐいっと飲み干して、立ち上がった。

　　他一口乾掉杯裡的日本酒，站了起來。

❀ まずはグイッと一杯、乾杯しましょう。

　　首先，一口喝掉，乾杯！

ちびちび　一小口一小口喝的樣子。

✿ 父は毎晩テレビを見ながらちびちび日本酒を飲んでいる。

爸爸每晚邊看著電視邊小口小口地啜飲著日本酒。

✿ 勧められて仕方なく、お酒をちびちび飲み始めた。

被勸酒，不得已只好一小口一小口地喝起酒來。

チューチュー　形容用吸管或者用嘴不停地出聲吸飲料的情景。

✿ その女の子はストローでチューチューとジュースを飲んでいる。

那個女孩子用吸管籤籤地喝著果汁。

✿ チューチューと吸っても中の飲み物はなかなか出てこなかった。

用力吸也吸不到裡面的飲料。

つるつる　形容快速吸食麵條的樣子。

✿ うどんをつるつるとすすって食べた。

快速地吸吃著烏龍麵。

✿ 冷やし素麺をおいしそうにつるつると食べている。

津津有味似地快速吃著涼麵。

ぺろぺろ　伸出舌頭邊舔邊吃的樣子。

✿ 猫がミルクの入ったお皿をぺろぺろとなめている。

貓伸出舌頭舔著裝牛奶的小盤子。

✿ アイスクリームをぺろぺろなめながら、扇風機の風に当たっている。

邊舔著冰淇淋邊吹電風扇。

 說、叫 (38)

くどくど 令人厭煩地一直反覆說。

❀ ゆうべ遅く帰ったことを、母にくどくどと注意された。

媽媽一直嘮叨我昨晚晚回家的事。

❀ 同じことくどくどと何度も怒られた。

一樣的事被嘮叨地罵了好幾次。

きゃあきゃあ 興奮、害怕時所發出的尖叫聲，用在小孩丶女性騷動時。

❀ アイドルがステージに登場すると、女性ファンたちがきゃあきゃあと叫び声をあげた。

偶像一登上舞台，女粉絲便大聲尖叫。

❀ 水をかけると子どもたちはきゃあきゃあ逃げ回った。

一潑水，小孩子便尖叫躲開。

ぶつぶつ 喃喃自語、嘀咕。

❀ 彼はいつもぶつぶつと独り言を言っている。

他總是獨自喃喃自語。

❀ ぶつぶつ文句を言いながら、庭の掃除を始めた。

邊嘀嘀咕咕地邊開始打掃起庭院。

ぺちゃくちゃ 跟朋友或同事等等喋喋不休，有令人感覺吵鬧的含意。

❀ 電車の中で女子学生がぺちゃくちゃおしゃべりをしていて、とてもうるさい。

女學生在電車上吱吱喳喳說個不停，吵死了。

❀ ぺちゃくちゃしゃべってばかりいないで、少しは手伝ってください。

別叨唸個沒完，至少也幫點忙吧！

ぺらぺら（ペラペラ）　①（毫不考慮情況）喋喋不休地說話的樣子。
②比喻外語說得很流利的樣子。

❀ あの人はすぐに人の秘密をぺらぺらしゃべってしまう。

那個人輕易地就說出別人的秘密。

❀ アメリカ留学経験のある彼女は英語がペラペラだ。

她具有留美經驗，英文說得呱呱叫。

ぼそぼそ　形容說話時聲音低，讓人很難聽清楚。

❀ 彼はぼそぼそ話すので、何を言っているのか聞き取れない。

他窸窸窣窣地竊竊私語，聽不清楚他說什麼。

❀ おじいさんは小さい声で、何かぼそぼそつぶやいた。

爺爺窸窸窣窣小聲地不知嘟嚷些什麼。

ぽつりぽつり　形容人說話斷斷續續。

❀ 被害者たちは最初は話したくなさそうだったが、事故についてぽつりぽつりと話し始めた。

受害者一開始並不想說，後來開始斷斷續續地述說起事故的經過。

❀ ひととおり泣き終わった彼女は、当時の思い出をぽつりぽつりと話してくれた。

她哭過一陣後，開始斷斷續續地述說起當時回憶。

むにゃむにゃ　形容人說的話很難聽清楚，而不知其說的是什麼意思。

❀ 妻がむにゃむにゃ寝言を言っている。

老婆囈囈地說著夢話。

❀ 失敗の原因をいろいろとむにゃむにゃ言っていたけど、そんなの言い訳に過ぎないよ。

支支吾吾地說著失敗的原因，但那只不過是藉口而已。

 坐 🎧39

しゃんと　挺直腰身，端正姿勢的坐姿、站姿。

❀ 授業中は背筋を伸ばしてしゃんと座りなさい。

課堂上要挺直腰桿坐好！

❀ 彼女はしゃんとした姿勢で、静かに佇んでいた。

她挺直腰身的身影，靜靜地佇立著。

ちょこんと　①形容不顯眼地、規矩地做某動作的樣子，較常使用在體型較小的人或物。②稍微、不顯眼地。

❀ かわいい猫がちょこんと座ってこちらを見ている。

可愛的貓一屁股坐著，注視著這邊。

❀ 少年は隅にちょこんと座っていた。

少年端坐在角落。

❀ カバンのポケットに、ちょこんとりんごの刺繍がついている。

包包的口袋上繡著可愛小巧的蘋果。

でんと　①沉著不動地坐著的樣子。②置放沉重而龐大之物。

❀ 妻はいつもテレビの前にでんと座って、お菓子を食べている。

老婆總是一屁股坐在電視前吃著零食。

❀ 玄関には高価そうな壺がでんと置かれている。

玄關上擺著看來很昂貴的壺。

どっかり 比喻人一屁股坐下，死死地占著的樣子。

❀ 父は毎晩どっかりあぐらをかいて酒を飲む。

爸爸每晚都盤著腿一屁股坐著喝酒。

❀ 抗議デモの参加者は、どっかりと腰を下ろしたまま動こうとしない。

參加抗議遊行的人全都一屁股坐下動也不動。

ぺたんと／ぺたりと 一屁股坐下，好像已經精疲力竭，累得站不起來的樣子。

❀ 走り疲れて、地面にぺたんと座り込んだ。

跑累了，一屁股坐在地上。

❀ 安心したのか、その場に思わずぺたんと座ってしまった。

大概是感到安心的關係，當場一屁股坐了下來。

🏃 走、跳 🎧(40)

すたすた（スタスタ） 步履穩定地急步向前走。

❀ 彼女は私が見えなかったのか、すたすたと通り過ぎてしまった。

她大概是沒看見我，竟快步地通過而去。

❀ 彼は食べ終えると、何も言わずスタスタとレストランを後にした。

他一吃完，便什麼也沒說地急步走出餐廳。

ぴょんぴょん（ピョンピョン） 很輕盈地持續跳著的感覺。

❀ 女の子が片足でぴょんぴょん飛び跳ねている。

小女孩單腳輕盈地跳躍著。

❀ 草むらではバッタの群れがピョンピョン跳ねている。

飛蝗群在草堆裡輕盈地跳躍著。

よちよち　小嬰兒等等走路不穩，一副快跌倒的樣子。

❀ 1歳の娘がよちよちと歩いている。

一歲的女兒搖搖晃晃地走著。

❀ 犬は生後10日くらいで目が開き、よちよちと歩き始める。

小狗在出生滿10天後便會睜開眼睛，開始東搖西晃地學步。

よろよろ　腳步不穩、搖搖晃晃、東倒西歪的樣子。

❀ 酔っ払いがよろよろ歩いている。

醉鬼步履蹣跚地走著。

❀ 老人はよろよろと立ち上がった。

老人搖搖晃晃地站了起來。

のっしのっし　身體高大而沉重的人或動物一步一步地慢慢向前走的樣子。

❀ 大きい象がのっしのっしと歩いている。

大象四平八穩地走著。

❀ 恐竜が後ろからのっしのっしと近づいた。

恐龍從後頭步步進逼。

❀ 力士がのっしのっしと入場する

相撲選手緩步入場。

きょろきょろ　東張西望的樣子。

❀ 彼は起き上がると、きょろきょろ辺りを見回した。

他一站起來便四處張望。

❀ 迷子の子どもがきょろきょろしながら母親の姿を探している。

迷了路的孩子四處張望地找媽媽。

じっくり　沉著冷靜地看著某種東西的樣子，也形容仔細地處理事情。

❀ その男の人は展覧会で一枚の絵をじっくりとながめていた。

那個男人緊盯著展覽會場上的一幅畫。

❀ もう一度よくじっくり考えてから、結論を出してください。

請再度審慎地思考後再提出結論。

じっと　一直盯著某個東西看。

❀ 恋人同士がお互いじっと見つめ合っている。

情侶們彼此相互凝視著。

❀ 獲物を狙っているライオンは、じっとしたまま、まだ動こうとしない。

獅子盯上獵物，一動也不動地正在伺機出擊。

じろじろ　形容令人不快地死盯著看。

❀ 人の顔をじろじろ見てはいけません。

不可以緊盯著人家的臉瞧。

❀ 失敗した瞬間、みんなにじろじろ見られて恥ずかしかった。

失敗的瞬間，被大家直盯著看，丟臉死了。

請填入適當語詞

① 部屋の中が暖かくて静かなあまり、つい＿＿＿＿＿＿眠ってしまった。

② バーゲンセールに殺到した主婦たちの、試食品を＿＿＿＿＿＿＿食べる姿は実に面白い。

③ 母は僕の顔を見ると、いつも＿＿＿＿＿＿と説教ばかりする。

④ 電車が急ブレーキをかけたせいで、＿＿＿＿＿＿とよろめいて隣の人の足を踏んでしまった。

⑤ 藤木君は男の子のくせに、すぐ＿＿＿＿＿＿泣いて、本当に弱虫だ。

⑥ お爺ちゃんが＿＿＿＿＿＿何か言っているんだけど、歯が抜けているせいでさっぱり分からない。

⑦ よほどいいことがあったらしくて、さっきから何やら一人で＿＿＿＿＿＿と思い出して笑っている。

⑧ 山田、さっきから＿＿＿＿＿＿笑っているけど、その漫画、そんなに面白いの？

⑨ さっきから何、こっちを＿＿＿＿＿＿見ているの？あっち行ってよ。

堅定確實、果斷、明確、仔細、徹底 42

あっさり 不囉唆、乾脆俐落、不拖泥帶水。

❀ あんなに彼女のことが好きだと言っていたのに、彼がいると知ったとたん、あっさりあきらめたようだ。

他之前說那麼喜歡她，一知道她有男朋友，輕易的就放棄了。

❀ 一晩中かけて考えた企画も、部長にあっさり却下された。

花了一個晚上想出來的企劃，被經理輕易地駁回。

きっちり 沒有模糊不清，徹底的、好好的、完整的意思，有認真、嚴謹的感覺。常用在好的地方。

❀ 日本語を勉強するときは、初級文法をきっちり覚えるようにしてください。

學習日語時，要好好地學好初級文法。

❀ 書類はきっちり揃えて提出するようにお願いします。

文件請準備齊全後提出。

きっぱり 言詞或行動上非常果斷明確、斬釘截鐵的樣子。

❀ 勧誘やセールスの電話はきっぱり断りましょう。

對招邀或是推銷的電話，果斷地拒絕吧！

❀ 次こそはN1に合格してみせる、と佐藤さんはきっぱり宣言した。

佐藤斬釘截鐵地說，下一次一定要通過N1讓大家看。

しっかり　確實地、好好地、堅定的樣子。

❀ もう社会人なんだからしっかりしなさい。

已經是出社會的人了，振作點。

❀ 車内は少し揺れますので、吊り革や手すりをしっかり持ってください。

車內會些微搖晃，請緊握吊環或是扶手。

すっかり　全部、都、完全。

❀ 客先に電話することをすっかり忘れていた。

我完全忘了要打電話給客戶。

❀ 近頃すっかりご無沙汰してしまい、すみませんでした。

最近都沒有向您問候，真是抱歉。

ちゃんと　端正規矩、整整齊齊、好好地。

❀ 食欲がなくても、ちゃんと食べないと元気になりませんよ。

就算是沒有食欲，不好好地吃東西的話會沒有精神的喔！

❀ ちゃんと話を聞いてないから、こういう失敗をするんです。

就是因為沒有好好地把話聽清楚，才會招致這樣的失敗。

じっくり　很冷靜、很緩慢、很仔細地做某件事情。

❀ 毎朝時間をかけてじっくり新聞を読むようにしている。

每天早上花時間仔細地看報紙。

❀ じっくり煮込んだ大根は、よく味がしみていておいしい。

細熬慢燉的蘿蔔，很入味很好吃。

 **忙碌、勤奮** 🎧43

あくせく 辛苦、忙碌、操勞的樣子。

❀ 毎日朝から晩まであくせく働いて、一生終わるのは悲しい。

　每天從早到晚辛勤地工作，然後一生就結束了，這真是悲哀。

❀ 君ひとりあくせく走り回っているけど、他の人はどうして手伝わないんですか。

　你一個人忙碌地四處奔走，其他的人怎麼不幫忙呢？

こつこつ（コツコツ） 努力不懈，勤奮的樣子。

❀ 毎日こつこつ勉強を続けていたら、必ず合格しますよ。

　每天孜孜砣砣地唸書，一定會合格的。

❀ コツコツとためたお金で、ようやく念願のバイクを買った。

　用一點一點存下來的錢，終於買了夢寐以求的摩托車。

突然地、有氣勢地做某動作 🎧44

がばっと 形容動作迅速、突然。

❀ 時計が8時を指しているのを見て、「遅刻だ！」とがばっと飛び起きた。

　看到時鐘指著8點，飛跳起來說「遲到了」。

❀ 燃える炎の上にがばっと布をかけて、一気に火を消した。

　在燃燒起來的火焰上迅速地蓋上布，一口氣將火撲滅。

ぐいぐい　使出力氣，或推或拉的樣子。很有氣勢的樣子。

❁ 彼は私の腕をぐいぐい引っ張り歩いて行った。

他使勁地拉著我的手走。

❁ 革の鞄に本をぐいぐい押しこんで入れた。

死命地將書塞入皮革的包包裡。

さっさと　心無旁鶩地迅速地行動的樣子。

❁ 遊んでばっかりいないで、さっさと宿題をしてしまいなさい。

不要光是在玩，快點把功課作完。

❁ 彼は食べ終わるや否や、一人でさっさと帰ってしまった。

他一吃完，就馬上一個人回家去了。

ばたっと　人或物體突然倒下掉落。

❁ 前に立っていた人が突然真っ青になってばたっと倒れた。

站在前面的人突然臉色發青，砰地倒了下來。

❁ 重いドアを手でばたっと閉めた。

用手砰地將沉重的門關上。

ぱたっと　一直持續進行中的事情突然停止的樣子。

❁ さっきまで激しく吹いていた風がぱたっとやんだ。

直到剛才為止還猛烈地吹著的風，突然地停了下來。

❁ 彼女は本をぱたっと閉じた。

她突然地將書闔上。

人的動作狀態 ❤ 忙碌、勤奮／突然地、有氣勢地做某動作

ばったり　巧遇（有驚訝的感覺）。

❀ きのう駅で田中さんにばったり出会ったよ。

昨天在車站巧遇田中了喲！

❀ 会いたくないと思っているときに限って、廊下でばったりその人に出くわしてしまう。

越是不想見到時，偏偏在走廊碰巧碰到了那個人。

ぱっと（パッと）　用來形容動作瞬間發生、突然、很快速的樣子。

❀ 朝ベッドからぱっと飛び起きて、窓を開けた。

一早飛快地從床上一跳而起，將窗子打開。

❀ さっき、いいアイデアがパッと思いついたんだ。

方才靈光一閃，想到一個好點子。

ぴたっと（ピタッと）　在時間、場所上急忙停止的樣子。

❀ この音楽を聞かせると、泣いている赤ちゃんがぴたっと泣き止む。

讓哭泣的小嬰兒聽這個音樂後，（小嬰兒）馬上就不哭了。

❀ ボールはこの線の前でピタッと止まった。

球突然在這條線的前面停了下來。

緩慢地、偷偷地、靜靜地、輕輕地、小心地做某事　〔45〕

こっそり　偷偷地、悄悄地見面（心虛的感覺）。

❀ お母さんに見つからないように、こっそりお菓子を食べた。

偷偷地吃糖，不讓媽媽發現。

❀ 次回のテーマを、こっそり教えてくれませんか？

能不能偷偷地告訴我下一次的題目呢？

すうっと（スーッと、すっと、スッと） 沒有發出聲音，快速且安靜、敏捷的樣子。

❀ 高級外車が目の前にスーッと止まった。

高級的外國車在我面前倏地停了下來。

❀ 障子がすっと開き、白い服を着た女が部屋に入ってきた。

紙拉門倏地打開，穿著白色衣服的女人進入了房間裡。

そおっと 盡量不發出聲音，很安靜地行動的樣子。

❀ 親に聞こえないよう、そおっと部屋を出て行った。

靜悄悄地走出房間，不讓父母聽到。

❀ 廊下をそおっと歩いたつもりだが、すぐ気付かれてしまった。

我想要在走廊上悄悄走，可是馬上就被發現了。

そっと 小心翼翼、輕輕地、悄悄地、安靜地。

❀ クリスマスプレゼントを娘の枕元にそっと置いた。

小心翼翼地將聖誕節的禮物放在女兒的枕邊。

❀ そっと手を握り、「がんばって」と一言つぶやいた。

輕輕地握了握手，嘴邊說了一聲「加油」。

のそのそ 形容行動很遲緩、緩慢、慢吞吞的樣子。（有負面的意思）。

❀ 象がのそのそ歩いている。

大象慢吞吞地步行著。

❀ 冬の寒い朝はいつも、10時頃に布団からのそのそと這い出して着替えを始める。

在冬日寒冷的早晨，10點左右時才慢吞吞地爬出被窩開始換衣服。

のろのろ　形容行動很遲緩。

❀ 高速道路は渋滞で、車がのろのろ進んでは止まりしている。

高速公路因為塞車，車子緩慢地走走停停。

ひそひそ　偷偷地做某事、說某事。

❀ 会社で女子社員がひそひそ上司の悪口を言っている。

女職員在公司偷偷地說上司的壞話。

❀ みんなは何やらひそひそと相談を始めた。

大家不知偷偷摸摸地開始討論著什麼。

もくもく〔黙々〕　很安靜地持續做著自己的事情。

❀ 工場の作業員はただ黙々と作業を続けている。

工廠的作業員只是默默地在進行著作業。

❀ 父は何も言わず、黙々と晩ご飯を食べていた。

父親一言不發，默默地吃著晚飯。

🎧 迅速、短暫、流暢地動作　(46)

ざっと　只注意醒目處而忽略細微的地方、內容，大多用在時間緊湊時。

❀ 会議の前に書類にざっと目を通した。

在開會之前速迅地瀏覽了一下文件。

❀ ざっと見た感じでは、100人は超えているんじゃないかと思います。

快速地瞥了一眼，我想應該超過一百人。

さらさら　形容書寫、繪畫、水流等的流暢感。

❀ その俳優はさらさらとサインを書いた。

那位演員流暢地簽了名。

❀ さらさらと流れる小川の景色を眺めていた。

眺望著潺潺流動的小河風光。

すらすら　在做某件事情時沒有終止過，很流暢的意思。

❀ その学生は難しい数学の問題をすらすらと解いて見せた。

那位學生很順利地解開困難的數學問題。

❀ みんなは「平家物語」をすらすらと暗唱している。

大家流暢地背誦著「平家物語」。

すんなり（と） 事情順利地、容易地、無障礙地進行。

❀ 私が留学したいと言い出しても、母はすんなりとは OK してくれなかった。

我就算是提出要留學的要求，母親也不輕易地同意。

❀ 彼の仲介で、問題はすんなり解決した。

在他的仲裁下，問題順利地解決了。

ちらっと　形容在極短的時間內（看了一眼），動作迅速、短暫。

❀ すれ違うときにちらっと見ただけなので、その人の顔は覚えていません。

只是在錯身而過時瞥了一眼，所以不記得那人的長相。

❀ 玄関からは、奥の部屋がちらっとだけ見えた。

我只是從玄關輕瞥一眼裡面的房間。

ちらちら　①（斷斷續續地）看一下看一下。②（光、畫面）忽隱忽現。

❀ 電車の中ですてきな女性をちらちら見てしまう。

在電車裡不時偷看漂亮的女人。

❀ カーテン越しに部屋の明かりがちらちら見えている。

隔著窗簾，房子裡的光亮忽隱忽現。

どんどん　接連不斷，一步一步順利地進展。

❀ 子どもは新しい言葉をどんどん覚えていくものだ。

小孩子就是會不斷地學會新的字彙。

❀ 向こうから電車がどんどん近づいてきた。

電車從對向不斷地接近。

👥 粗魯、用力 🎧 47

ぎゅっと（ギュッと）　用很強大的力量握著、壓著、抱著的樣子。

❀ 泣いている娘をぎゅっと抱きしめた。

緊緊地抱著哭泣的女兒。

❀ 洗った雑巾をギュッと固く絞った。

將洗好的抹布緊緊地擰乾。

ずかずか　毫不客氣，粗暴地闖進來的樣子。冒冒失失、魯莽地。

❀ あの人は挨拶もせずに、ずかずかと私の家に上がり込んで来た。

那人也不打招呼，就冒冒失失地跑到我家來。

❀ 彼女は、プライベートな質問もずかずか聞いてきた。

她對個人的隱私也冒失地提出問題。

1-7

どんと（ドンと） 擺放時發出聲響。做某些事情使出力氣的樣子，有一點暴力的感覺。

❀ 後ろから背中をどんと突き飛ばされた。

從後面砰地從背後推倒。

❀ 遠くで大砲が一発ドンと放たれた。

遠方大砲砰地發出一炮。

🎵 輕柔、婉轉 ㊽

やんわり 輕柔的、婉轉的。

❀ 上司から飲みに行かないかと誘われたが、「今日はちょっと妻の体調が悪いから」と、やんわり断った。

上司邀我去喝一杯，但我說「今天我太太身體不舒服」，就委婉地拒絕了。

❀ 観客の声援がうるさかったが、角が立たないようにやんわりと注意した。

觀眾的加油聲太吵，我委婉地勸告，以避免引起不快。

🔊 吵雜、熱鬧 ㊾

わあわあ（ワーワー） 很煩的吵雜聲及狀態。

❀ 幼稚園で子どもたちがわあわあ騒いでいる。

在幼稚園裡，小朋友喧譁地吵鬧著。

人的動作狀態 ❤ 粗魯、用力／輕柔、婉轉／吵雜、熱鬧

❁ おもちゃを取り上げられた女の子が、突然ワーワー泣き始めた。

玩具被拿走的小女生，突然哇哇地哭了起來。

わいわい　形容在人多的地方用很大的聲音談話。在某場合吵鬧但是很快樂
　　　　　的感覺。

❁ 居酒屋でたくさんの友人たちとわいわい楽しく酒を飲んだ。

在居酒屋與許多的朋友一起歡樂地喝酒。

❁ 広場でわいわい人が集まっている。

人們在廣場吵吵嚷嚷地聚集著。

📏 請填入適當語詞

① 大きい魚がかかったらしい。釣り糸が＿＿＿＿＿＿＿＿引かれている。

② ＿＿＿＿＿＿＿＿お金を貯めて、とうとう海外留学の夢を叶えた。

③ スポーツクラブの勧誘を受けたが、傷つけないように＿＿＿＿＿＿＿＿＿＿と断っておいた。

④ あんなに仲良かった夫婦なのに、＿＿＿＿＿＿＿＿別れてしまったらしい。

⑤ テスト中、隣に座っている人に＿＿＿＿＿＿＿＿とカンニングされているような気がした。

⑥ 互いの健闘を称え、両者は＿＿＿＿＿＿＿＿固い握手を交わした。

⑦ おいしそうにお茶漬けを＿＿＿＿＿＿＿＿とかきこんだ。

⑧ 後ろのほうで数人が＿＿＿＿＿＿＿＿と小声で話している。

⑨ 真面目な彼は、いつも一人で＿＿＿＿＿＿＿＿と働いている。

⑩ 山田さんと言えば、昨日スーパーで＿＿＿＿＿＿＿＿あったんですよ。

I-8 人的生理特徵、心理狀態

 身體不適 （50）

がんがん（ガンガン） 頭很強烈劇痛的樣子。

❀ 頭（あたま）ががんがん割（わ）れるように痛（いた）い。

頭痛得快要裂開一般。

❀ 二日酔（ふつかよ）いで頭痛（ずつう）がガンガン酷（ひど）い。

因為宿醉，頭痛地厲害。

くらくら 頭暈的樣子。

❀ ベッドから起（お）き上（あ）がったときに、くらくらして倒（たお）れそうになった。

從床上起來時，頭暈目眩就快倒下來了。

❀ 株価（かぶか）が大（おお）きく下落（げらく）した瞬間（しゅんかん）、次第（しだい）に頭（あたま）がくらくらしてきた。

股票大幅下跌時，瞬間我頭暈目眩。

こんこん 感冒時發出的咳嗽聲。形容比較輕微的咳嗽時使用。

❀ 子（こ）どもがこんこんと咳（せき）をしている。風邪（かぜ）をひいたみたいだ。

小孩發出咳嗽聲，似乎是感冒了。

❀ 昨夜（さくや）から祖母（そぼ）の咳（せき）がこんこんと続（つづ）いている。

從昨晚開始，祖母就咳個不停。

ごほごほ　感冒時發出的咳嗽聲。比「こんこん」的程度還要嚴重、激烈。

❀ ひどい風邪でごほごほと咳が止まらない。

　　因為嚴重的感冒而咳個不停。

❀ 口にたくさん入れすぎたせいか、急にごほごほとむせた。

　　不知道是不是塞太多到嘴巴裡，突然咳得嗆到了。

ずるずる　流很多鼻水的樣子，也形容吸鼻涕的聲音。帶有不乾淨的印象。

❀ 隣に座っている人がずっと鼻水をずるずるすすっている。

　　坐在旁邊的人，一直不停地吸著鼻涕。

❀ 鼻をズルズルとさせるのなら、早くかんでしまいなさい。

　　要這樣子一直不停地吸著鼻涕的話，還不如早些擤出來。

ぞくぞく　①因感冒等等原因，感覺寒冷的樣子。②高興感動的樣子。

❀ 風邪をひいたのか、背中がぞくぞくする。

　　不知是不是感冒了，背脊發寒。

❀ オリンピックでは、ぞくぞくするような感動を味わった。

　　在奧林匹克運動會上情緒激昂，感動得不得了。

たらたら　液體狀東西一滴一滴地持續滴落的樣子。多用在形容汗水和鼻水。

❀ 花粉症で、鼻水がたらたらと流れ出て止まらない。

　　因為花粉症，鼻水一直流個不停。

❀ 犬がよだれをたらたら流しながら、こちらをじっと見ている。

　　小狗滴答地流著口水，一直看著這邊。

ふらっと　①一瞬間沒有力氣快要倒下的樣子。②信步而行。

❀ 女性が私の肩にふらっと倒れてきた。

那女人一蹌踉，倒在我肩上。

❀ 彼はよくこの居酒屋にふらっと立ち寄っていたそうだ。

聽說他常隨意地來這家居酒屋。

ふらふら　身體不舒服，走路搖來晃去的樣子。

❀ 熱があるのか、頭がふらふらする。

大概是因為發燒，頭暈暈的。

❀ マラソンを走り終えて、ふらふらしながらゴールのテープを切った。

跑完馬拉松，搖搖晃晃地衝過終點線。

ボーっと（ぼうっと）　發燒或麻醉等等時候，意識不清的樣子。

❀ 寝不足で頭がぼうっとしている。

因為睡眠不足而頭腦意識不清。

❀ 暗闇に何者かがボーっと立ちすくんでいた。

在黑暗處好像有什麼人驚嚇得呆立著不動。

むかむか　①噁心想吐的樣子。②怒上心頭。

❀ 酒の飲みすぎで胃がむかむかする。

由於飲酒過量而反胃想吐。

❀ 黙って話を聞いていると、しだいにむかむか腹が立ってきた。

我默默地聽著，聽著聽著火冒三丈了起來。

 痛 🎧51

きりきり 像是被尖銳東西刺到一般，不能忍受的疼痛。常用在頭痛或胃痛。

❀ 胃がきりきり痛むので、病院へ行った。

胃不停地刺痛，所以去了醫院。

❀ 虫歯がきりきりと痛み始めた。

蛀牙刺痛了起來。

しくしく 抽痛，不是很劇烈的疼痛，常用在牙痛或肚子痛。

❀ 昨日の夜からお腹がしくしく痛い。

從昨天夜裡開始，肚子就微微地痛。

❀ 関節の痛みがしくしくと続いた。

關節一直微微地痛。

ずきずき（ズキズキ） 陣陣作痛，形容很強烈的疼痛。常用在頭痛等等的時候。

❀ 虫歯がずきずきと痛んで眠れない。

蛀牙陣陣作痛，睡不著。

❀ 何だか手術跡がズキズキ痛むんです。

不知怎麼了，手術的痕跡陣陣作痛。

ちかちか（チカチカ） 形容眼睛受到強大光線照射或其他的刺激而感到刺痛。

❀ パソコンの見過ぎで目がちかちかする。

看電腦過度，眼睛刺痛。

❀ 私、スポットライトのようなチカチカ眩しい照明は苦手です。

我很不能適應像聚光燈一般的炫目照明。

ちくちく（チクチク） 肌膚像是被針輕輕刺扎的感覺。也用在表示不好的事
情上面，例如心痛或難過。

❀ このセーターは首の辺りがちくちくする。

這件毛衣在脖子附近感覺刺刺的。

❀ 虫に刺されたところが、まだチクチク痛む。

被蟲子刺到的地方，還微微刺痛。

ひりひり（ヒリヒリ） 形容皮膚或喉嚨受到像是觸電一樣的輕微疼痛。常用
在日曬、吃辛辣食物、輕微灼傷。

❀ 日焼けしたところがひりひり痛い。

被曬傷的地方還微微刺痛

❀ 手を火傷したところがヒリヒリしている。

手燙傷的地還微微刺痛。

累、沒有氣力、沒精神 🎧 52

くたくた（クタクタ） 形容累到動彈不得。

❀ 朝早くから夜遅くまで働きづめでくたくたに疲れた。

從一大早到深夜不休息地工作，累得筋疲力竭了。

❀ 子どもといっしょになって遊んでいたせいで、もうクタクタです。

因為跟小孩玩在一起，我已經累壞了。

ぐったり　筋疲力竭。

❀ あまりの暑さに犬もぐったりしている。

因為太熱了，狗也熱趴了。

❀ 彼はソファーにぐったり横たわってしまった。

他筋疲力竭地躺在沙發上。

とぼとぼ　走路沒精打采的樣子，有看起來有點寂寞的含意。

❀ 試験に失敗して、駅からとぼとぼと歩いて帰った。

考試失敗而垂頭喪氣地從車站走回家。

❀ 夜中に彼女は一人でとぼとぼ帰ってきた。

深夜她一個人沒精打采地走回家。

へたへた　形容精疲力竭，虛弱地搖晃著癱坐下去。

❀ 母が危篤だと聞き、へたへたとその場にしゃがみ込んでしまった。

一聽到母親病危的消息，我就當場癱跪下來。

へとへと　形容沒有氣力，非常疲累的樣子。

❀ 赤ちゃんの世話でもうへとへとだ。

我照顧小嬰兒，已經精疲力盡。

❀ 暑さの中、へとへとになりながら作業を続けた。

在暑熱中，即使精疲力盡還是繼續作業。

發呆、心不在焉、沒有目標 🎧53

うかうか　形容、不以為意不留神、悠悠忽忽的樣子。

❀ うかうかしていると、出発時間が迫ってくるから気をつけて。

你這樣悠悠忽忽的，出發的時間就要到了喔！注意一下！

❀ 後輩に抜かれてしまったのは、うかうかしていた自分の責任です。

被後進超前，這要怪自己悠悠忽忽的，是自己的責任。

うっかり　不注意、不留心、漫不經心。

❀ 傘を電車内にうっかり置き忘れてしまった。

我一不留心將傘忘在電車裡了。

❀ これからは、小さなうっかりミスをなくすように努力してください。

從現在開始要努力不要發生漫不經心的小錯誤。

ぼやぼや　不知做什麼，只是發呆的樣子。

❀ ぼやぼやしていると、みんなに置いてきぼりをくらってしまうよ。

你這樣發呆，會被大家撇下不管喔！

❀ 忙しいんだから、ぼやぼやしないでさっさと手を動かせ。

忙得很，你不要發呆，快動手做！

ぼんやり　①形容記憶模糊不清。②形容發呆、心不在焉的樣子。

❀ 小さいときのことは、ぼんやりとしか覚えていない。

兒時的事情，我只模模糊糊地記得一點點。

❀ 会社をリストラされてから、毎日何もせず、ぼんやり過ごしている。

被公司開除後，每天什麼事都不做，渾渾噩噩地過日子。

ぶらぶら ①沒有目的的閒晃。也用在沒有工作時，什麼都不做的樣子。
②某有重量物垂下搖擺狀。

❀ 暇だったので、近所をぶらぶら散歩していました。

因為很閒，就在附近悠哉地散步。

❀ ホールの座席に座った小さな子供たちは、足をぶらぶらさせながら、人形劇が始まるのを待っていた。

坐在戲院位子上的小孩們，雙腳搖晃地等著人偶劇開演。

 **悠閒、放鬆** 54

のんびり 很悠閒的樣子，大多用在好的事情上。但用在形容人的性格時，有負面的意思。

❀ 休日は家でのんびり過ごすのが好きだ。

休假時我喜歡在家悠閒地度過。

❀ 息子は穏やかでのんびりした性格だ。

我兒子個性穩定，無拘無束。

ほっと 鬆一口氣。

❀ なんとかスピーチを終えることができて、ほっとした。

總算演講完，鬆了一口氣。

❀ 作業もここまで来ると、ほっと一安心できるね。

作業也到了這個程度，可以鬆口氣安心了。

愉快、清爽、暢快、精神高亢 ⑤⑤

いきいき 有活力，很有精神的樣子。

❀ 高齢者の皆様が、ますます健康でいきいきと生活できる社会を作っていきましょう。

大家一起創造出年長的長輩可以健康有活力地生活的社會吧！

❀ 今朝釣ったばかりだという魚は、まだいきいきとしていた。

今天早上剛釣起來的魚，還活跳跳的。

うきうき 期待愉快的事情到來而感到快活、興高采烈的樣子。

❀ 初めての海外旅行に、家族みんな朝からうきうきしている。

因為是第一次的出國旅行，全家一早就興高采烈。

❀ クリスマスプレゼントを、子どもたちはうきうきと待っていた。

小朋友們興高采烈地等著聖誕節禮物。

さっぱり ①很清爽的感覺。②完全。

❀ お風呂に入ってさっぱりした。

洗完澡神清氣爽。

❀ 過去の過ちはさっぱり忘れてしまった。

過去的錯誤，我完全遺忘了。

すっと（スッと） ①覺得輕鬆、舒暢。②動作輕快、迅速的樣子。

❀ 長年の悩みが解決して、気持ちがスッとした。

解決了長年以來的煩惱，心情舒暢多了。

❀ 言いたいことを全部言って、胸がすっとした。

想說的話都說了，心情輕鬆舒暢。

すっきり　因無掛慮、阻礙或多餘的物品而感覺舒暢、暢快。

❀ あの人の名前をやっと思い出せて、すっきりした。

終於想起那個人的名字，真是暢快。

❀ シンプルな家具を置くと、部屋がすっきり見えますね。

擺放了簡約的家具，房間看起來很清爽。

どきどき　①因運動而心跳加快的樣子。②因緊張、擔心而忐忑不安，心怦怦地跳。

❀ どきどきしながら、試験の結果を見た。

心裡七上八下地看考試的結果。

❀ 待合室で名前が呼ばれるのをドキドキしながら待っていた。

心裡七上八下地在等候室等著被唱名。

ぴんぴん　形容非常有精神的樣子。

❀ 骨折した足がようやく完治し、今はもうぴんぴんしている。

腳骨折終於完全好了，我現在已經是活蹦亂跳的。

ルンルン（るんるん）　有令人愉快的事情而散發出幸福的氣息，十分高興的樣子。

❀ 新しいブーツをはいて、ルンルン気分で出かける。

穿著新的靴子，心情飛揚地出門。

❀ 女の子が、ルンルンスキップしながら踊っている。

女孩心情飛揚地左右腳交替地跳著舞。

わくわく　想到令人愉快的事情即將到來，或是確信會有好結果，而興奮、
　　　　　　激動的樣子。

❀ わくわくしながらプレゼントの包みを開けた。

興奮地打開禮物的包裹。

❀ 試験の結果がいつ出るのか、わくわくしている。

興奮地等待著不知何時會出來的考試結果。

👤 不愉快、煩躁、心神不寧　🎧 S6

いらいら（イライラ）　不安、急躁的樣子。

❀ 30分待ってもバスが来なくて、いらいらする。

等了三十分鐘公車還不來，心裡很焦急。

❀ 何でさっきからそんなにイライラしているんですか？

你為什麼從剛才開始就一直那麼急躁不安的樣子？

うんざり　厭煩的樣子。

❀ 毎日上司の自慢話を聞かされて、うんざりする。

每天都在聽上司自吹自擂，真是煩死了。

❀ こんなに同じメニューが続くと、さすがの私もうんざりだよ。

這樣子持續同樣的菜單，就算是我也煩透了。

しぶしぶ　不甘願、厭煩的、勉為其難的。

❀ 司会なんか得意じゃないが、大切な友だちの頼みなのでしぶしぶ引き受
けた。

我不擅長當司儀，但因為是重要朋友的請託，我才勉為其難地接受的。

❀ しぶしぶ 承知したものの、やはりこの計画は、多少無理があるんじゃないか、と思えてきた。

我勉為其難地接受下來，但是我覺得這個計劃，多多少少還是有些勉強。

ちょこちょこ 心神不定，沒有意義地走來走來，沒有目的地到處轉來轉去。

❀ 子犬が庭をちょこちょこと駆け回っている。

小狗在庭院小步地到處亂跑。

❀ テレビの前を、ちょこちょこ行ったり来たりしないでください。

請別在電視機前心神不寧地晃來光去。

ばたばた（バタバタ） 很忙很慌張的樣子，冷靜不下來。

❀ 急な来客に、食事の準備などでばたばたしていた。

由於突然有訪客需準備餐食而慌慌忙忙的。

❀ 布団の上で、子供がバタバタ暴れているみたいだ。

小孩在棉被上頭鬧得天翻地覆似的。

⚫ 不安、擔心、惶恐、慌張 🎧57

あたふた 慌慌張張的樣子。

❀ 客が次第に増え、店員はあたふたと対応に追われた。

客人逐漸增加，店員慌慌張張地應對。

❀ 緊急事態にもあたふたせず、落ち着いて行動してください。

發生緊急狀況時請不要慌張，請沉著行動。

うじうじ　沒有決斷力，猶豫不決、舉棋不定的樣子。

❀ 小さいことを、いつまでもうじうじ悩んでいる場合じゃないよ。

現在可不是老是煩惱一些小事的時候喲！

❀ あの子は何を聞いてもうじうじするばかりで、いっこうに答えてくれない。

那孩子，問他什麼他都總是猶豫不決，也不回答我。

おずおず　膽怯害怕的樣子。

❀ 彼は「本当に僕でいいんですか」と、おずおずと尋ねた。

他膽怯地問道「我真的可以嗎？」

❀ 私はおずおずと手を挙げて、学級委員に立候補した。

我怯怯地舉手要參選班長。

おたおた　被突然的事情、狀況等嚇得慌慌張張、驚慌失措的樣子。

❀ 突然の依頼に、思わずおたおたしてしまった。

因為突然的請託，我不由得驚慌失措。

❀ おたおたしないで、急いで救急車を呼んでください。

請不要驚慌失措，快點叫救護車。

おどおど　害怕不安、戰戰兢兢的樣子。

❀ 大観衆の前で、おどおどしながら演技を始めた。

在眾多觀眾的前面，戰戰兢兢地開始表演。

❀ おどおどした態度からして、犯人は彼に違いない。

從他惴惴不安的態度看來，他一定是犯人。

おろおろ　坐立不安、驚惶失措的樣子。

❀ 事故の知らせを聞いて、みんなおろおろした様子だった。

得知發生事故，大家都一臉驚惶失措的模樣。

❀ 何もしないでただおろおろしているだけなら、あっちに行ってくれ。

如果你什麼都不做，只是驚慌失措的話，就到那邊去吧！

くよくよ　心裡有事而悶悶不樂、想不開的樣子

❀ くよくよしても始まらない、前を向いてまた進んでいこう。

悶悶不樂的，也是無濟於事。向前看，繼續往下走吧！

❀ ミスをすると、あの子はくよくよ落ち込んでばかりいる。

只要犯了錯，那孩子就老是悶悶不樂，意氣低沉。

びくびく　因恐怖、不安而戰戰兢兢、害怕得發抖的樣子。

❀ 大きな犬に子どもたちはびくびくしていた。

小孩子對大型狗害怕得直哆嗦。

❀ 地震の余震に、みんなはびくびくしながら毎日を送っている。

大家對地震的餘震，每天都戰戰兢兢的。

👥 失望、激動、生氣　🎧58

がっかり　期待落空，失望的樣子。

❀ 楽しみにしていたコンサートが中止になって、がっかりした。

滿心期待的演唱會中止，真是失望。

❀ やる気のない君の態度には、正直がっかりさせられたよ。

對你這種不積極的態度，老實說真叫我失望。

がっくり　結果與期待的相反，變得沒精神的樣子。

❀ 1点差で試合に負けて、選手たちはがっくり肩を落とした。

因為 1 分之差而輸了比賽，選手們都沮喪地垂下肩來。

❀ 合格できずにしばらくがっくりしていたが、また今日から勉強を始める
ことにした。

因為不合格而短暫沮喪，但是我決定從今天開始再努力學習。

しょんぼり　落寞、沒有氣力、垂頭喪氣的樣子。

❀ 父親は仕事で迎えに行けないと言うと、子どもはしょんぼりとうつむい
てしまった。

父親一說因為工作無法去接送，小朋友就喪氣地垂下頭。

❀ 一人でしょんぼり座っていると、誰かが声をかけてきた。

一個人垂頭喪氣地坐著，就有某人來搭話。

かっと　生氣激動的樣子。

❀ 彼は短気な性格で、すぐかっとなる。

他個性急躁，所以動不動就發火。

❀ かっとなって、つい相手を殴ってしまったようです。

好像是動怒了，就不自覺地就打了對方。

かんかん（に）　非常生氣的樣子。比「ぷんぷん」還要激烈。

❀ 12 時過ぎに家に帰ると、父がかんかんに怒っていた。

過了十二點回到家，（就看到）爸爸大發雷霆。

❀ 隣の住人は騒音にかんかんに腹を立てている様子だ。

隔壁隣居對躁音怒氣沖天。

ぷんぷん 生氣，心情不好的樣子。大多表示一時生氣的樣子。也表示有一點可愛的感覺，與「ぷりぷり」相同。

❀ 彼女はちょっとしたことで、すぐにぷんぷん怒り出す。

她會為了一點小事就氣沖沖的。

❀ さっきまでぷんぷんと怒っていたのに、お詫びの品を渡すと、急に態度を変えた。

到剛才為止還怒氣沖沖的，我一送上表示道歉的禮物，（對方）就態度一變。

むっと 因某原因而心情不好，克制內心的憤怒而變臉色，怒火中燒。

❀ 彼女は彼の失礼な発言にむっとして、席をたった。

她為他的無禮失言而怒火中燒，離席而去。

❀ 私の発言が何か気に障ったようで、妹はさっきからむっとしたままだ。

我說的話似乎觸怒了妹妹，從剛才開始她就臉色微慍。

身材、體型 59

がりがり（ガリガリ） 形容身材很瘦，人或動物都可使用。

❀ がりがりに痩せた女の人は魅力がない。

瘦骨如柴的女人沒有魅力。

❀ 腕も足もガリガリで、見ていられない姿になっていた。

手腳都瘦骨如柴，一副讓人看不下去的樣子。

げっそり ①臉或身體等等突然變瘦的樣子。②突然意氣消沉。

❀ 逮捕された犯人はげっそりと痩せこけて、別人のようになっていた。

被逮捕的犯人急劇消瘦憔悴，變得宛若他人。

91

✿ よほど疲れたのか、彼は頬がげっそりしている。

大概是因為太過勞累，他的面頰消瘦凹陷。

すんなり　①身材苗條、纖細的樣子。②順利、容易、不費力氣。

✿ 彼女は目の色が濃くてすんなりした美人です。

她是眼睛深邃身材苗條的美人。

✿ デザインの変更を提案したところ、すんなりと課長の了解がもらえた。

提案變更設計，順利地獲得了課長的同意。

✿ 難しい数学の問題も、彼はすんなり解いてしまった。

即使是困難的數學題目，他也不費力氣地解出來了。

ほっそり　身材纖細苗條的樣子。

✿ 彼女はほっそりした足を、惜しげもなく見せつけた。

她不吝展示纖細的美腿。

✿ こうした服装だと、全体的にほっそり見えて、着痩せ効果が期待できます。

這樣的衣服可以讓身材整體看起來苗條，可期待穿衣服修飾顯瘦效果。

がっしり／がっちり　身材健壯的樣子。

✿ あの投手は、肩も腰もがっしりしていて力がありそうだ。

那位投手，肩和腰都粗壯，似乎很有力量。

✿ がっちりとした体格を活かしたダンスの振り付けを考えましょう。

來想想靈活利用健壯體格的舞蹈動作吧！

ぶくぶく　不節制而肥胖的樣子，有負面的印象。

❀ お菓子の食べすぎで、ぶくぶく太ってしまった。

吃太多點心，變得肥嘟嘟的。

❀ 彼は寒がりなのか、ぶくぶくと着ぶくれしている。

他可能是因為怕冷，所以穿得胖嘟嘟的。

まるまると　很胖的樣子。比起形容大人更常用在形容小孩或動物，有正面的涵義。

❀ まるまると太ったかわいい赤ちゃんが眠っている。

圓滾滾的可愛小嬰兒正在熟睡中。

❀ 競輪選手は、まるまるとした太ももが特徴的だ。

自行車選手渾圓的大腿是他們的特徵。

請填入適當語詞

1　新しい仕事が性に合っているのか、彼は最近＿＿＿＿＿＿＿と働いている。

2　うちの子は＿＿＿＿＿＿＿と胸を躍らせながら、誕生日のプレゼントを開け始めた。

3　胸が＿＿＿＿＿＿＿するようなすごく臭い匂いが立ち込めているので、鼻を押さえて外へ飛び出した。

④ 初めてのお見合いに、すっかり緊張してしまって＿＿＿＿＿＿＿＿＿した。

⑤ 自分のやったことが悔やまれて、思い出す度に＿＿＿＿＿＿＿＿と心が痛む。

⑥ あの日は朝から底冷えで、しだいに背中が＿＿＿＿＿＿＿＿してきた。

⑦ 山のように溜まっていた仕事をついに片付け終えて、＿＿＿＿＿＿＿＿した気持ちで会社を後にした。

⑧ 交通渋滞に巻き込まれて＿＿＿＿＿＿＿＿した

⑨ 怠け者の彼女は、母親に叱られて＿＿＿＿＿＿＿＿部屋を掃除し始めた。

⑩ 普段穏やかな彼も、あんなふうになじられちゃ、思わず＿＿＿＿＿＿＿＿なって手が出てるってもんだよ。

94

Part 2　慣用語

2-1 頭部

頭 _{（60）}

頭が上がらない　①比喻在……面前抬不起頭。

②無法違抗、態度強硬不起來。

❀ 若い頃に大変お世話になったあの人には、いまだに頭が上がらない。

　年輕時曾蒙受他照顧，至今在他面前我仍然強硬不起來。

❀ 部長には頭が上がらないのか、皆どうも言いなりになってしまう。

　大概是因為在部長面前抬不起頭，所以大家都聽命行事。

頭が痛い　①頭痛。②比喻問題、事情等等令人頭痛。

❀ リストラされて以降、今後の生活のことを考えると頭が痛い。

　自從遭受裁員後，每每想到今後的生活頭就痛。

❀ 売り上げの伸び悩みは、我が社にとって頭が痛い問題のうちの一つだ。

　營業額成長遲緩，這是本公司頭痛的問題之一。

頭が固い　想法很固執、堅持己見、不知變通。

❀ あの人は頭が固くて、他の人の言うことを全然聞かない。

　那個人很固執，別人的話都聽不進去。

❀ 頭の固い父は、こうと決めたらなかなか意見を曲げない人だ。

　父親固執己見，一旦下決定就不輕易改變自己的意思。

頭が切れる　比喻理解力很強、頭腦很好、能幹。

❀ 頭が切れる上司はいつも的確なアドバイスをしてくれる。

思路清晰的上司總是給我很中肯的建議。

❀ 先月入社した山下さんは、なかなか頭が切れる人だと、もっぱら社内で評判だ。

上個月剛進公司的山下先生還蠻能幹的，在公司裡得到普遍好評。

頭が下がる　比喻敬佩、佩服。

❀ 彼は毎日仕事が終わってから日本語を3時間勉強し、今年ついにN1に合格した。彼の努力にはほんとうに頭が下がる。

他每天下班後都還唸3小時的日文，今年終於考過N1了。我真是佩服他的努力。

❀ 姉はほぼ24時間つきっきりで母の看病をしてくれたことに、頭が下がる思いだ。

姐姐幾乎是24小時貼身地照顧母親的病，我真是佩服啊！

頭に入れる　記下來、記取。

❀ 模範解答を頭に入れて、面接に挑んだ。

把標準答案記起來，挑戰面試。

❀ 去年の失敗を頭に入れながら、今年の学習計画を立ててください。

要一面記取去年的失敗，一面訂立今年的學習計畫。

頭に来る　比喻很生氣。

❀ 電車でマナーが悪い若者を見ると、頭に来る。

每每在電車上看到沒禮貌的年輕人就一肚子火。

❀ 彼の態度が頭にきて、つい手が出てしまった。

對他的態度火冒三丈，忍不住動了手。

頭を切り替える　轉換想法。

❀ いつまでも悩んでいても解決しないので、頭を切り替えることにした。

由於一直煩惱也沒能解決問題，遂決定換個想法。

❀ 今日の負けは仕方がない、また明日から頭を切り替えて試合に挑もう。

今天敗戰了也無可奈何，從明天開始再轉換心情挑戰比賽吧！

頭を下げる　道歉、屈服認輸、低頭拜託。

❀ 彼はプライドが高く、どうしても人に頭を下げることができないようだ。

他自尊心很強，似乎無論如何都無法向人低頭。

❀ 言い訳などしないで、素直に頭を下げたらどうか。

不要再說理由，老實地低頭道歉吧！

頭を使う　比喻多用腦筋去思考。

❀ 歳をとってからも、頭を使うことが大切だ。

即使上了年紀，動腦還是很重要的。

❀ 店頭の商品陳列は、頭を使って、もっと工夫してください。

櫥窗的商品展示，要動動腦筋，更用心去做。

頭を離れない／頭から離れない　比喻印象深刻、忘不了。

❀ 彼に言われたひどい言葉が頭を離れない。

他對我說的惡毒的話，在我腦海裡盤旋不去。

❀ つらい戦争体験が、頭から未だに離れないらしい。

痛苦的戰爭經驗，至今仍在腦海裡盤旋不去。

頭（あたま）を冷（ひ）やす　讓頭腦冷靜下來。

❀ そんなに興奮（こうふん）しないで、頭（あたま）を冷（ひ）やしてもう一度（いちど）考（かんが）え直（なお）しなさい。

別那麼激動，冷靜下來再重新想想！

❀ まずは攻撃（こうげき）を中断（ちゅうだん）し、頭（あたま）を冷（ひ）やすことが先決（せんけつ）だ。

首先要做的是暫時中斷攻擊，讓頭腦冷靜下來。

2-1
頭部
⊗
頭

🪭 請填入適當語詞

a 頭に入る	b 頭が痛い	c 頭に来る
d 頭を使って	e 頭が下がる	

① 家（いえ）を建（た）て替（か）えようと思（おも）うんですが、まずは改築（かいちく）の頭金（あたまきん）をどうするか、そろそろ考（かんが）えなければならないんです。実（じつ）に＿＿＿＿＿問題（もんだい）ですよ。

② あの先生（せんせい）は本当（ほんとう）に教育熱心（きょういくねっしん）ですね。同僚（どうりょう）として、私（わたし）はいつも＿＿＿＿＿思（おも）いですよ。

③ 仕事（しごと）の量（りょう）は増（ふ）えているのに、人（ひと）もリストラで減（へ）らされ、給料（きゅうりょう）も大幅（おおはば）カットだなんて、ひどすぎる。近頃（ちかごろ）の社長（しゃちょう）のやり方（かた）には＿＿＿＿＿よ。

④ 周（まわ）りの人（ひと）の意見（いけん）を鵜呑（うの）みにしたりしないで、きちんと自分（じぶん）の＿＿＿＿＿よく考（かんが）えてから判断（はんだん）してください。

⑤ テキストを声（こえ）に出（だ）して読（よ）んだり、ノートに書（か）き写（うつ）したりすることで、やっと書（か）かれている内容（ないよう）が＿＿＿＿＿ようになった。

顔、面 61

顔が利く　有勢力、有面子、吃得開。

❀ あの店なら顔がきくから、安くしてもらえると思うよ。

我在那家店很吃得開，我想能請他們算便宜一點。

❀ 彼はこのクラブでは顔が利くらしく、入り口で名前を言えばすぐ中に入れるそうだ。

據說他在這家俱樂部很吃得開，只要在入口說他的大名就可以進去裡面。

顔がそろう／顔をそろえる　應該要出席的人齊聚一堂。

❀ 同窓会で懐かしい顔がそろった。

同學會上一張張熟悉的臉齊聚一堂。

❀ 震災のチャリティーイベントには、往年の名選手が顔をそろえて参加した。

往年的著名選手齊聚參加震災慈善活動。

顔が広い　比喩人面廣闊、交友很廣。

❀ あの人は業界で顔が広いから、誰かいい人を紹介してくれるかもしれませんよ。

那個人在業界中人面廣闊，或許會幫忙介紹個不錯的人。

❀ みんなが声を掛けてくるところから、彼の顔の広さがうかがえる。

大家都過來打招呼，可見他的人面廣闊。

顔に書いてある　比喩即使不說，也可從臉上看出來。

❀ 彼のことが好きだって、顔に書いてあるよ。

妳臉上寫著妳喜歡他。

❀ 君の気持ちは素直に言わずとも、顔に書いてあるのですぐわかる。

就算你沒有率直地說出你的心情，在你的臉上也馬上可以看得出來。

顔に泥をぬる　使丟臉、使受恥辱。

❀ よくも社長である私の顔に泥をぬるようなことをしてくれたな！

你膽敢做讓社長我臉上無光的事！

❀ それは、相手の顔に泥をぬる結果になるので、よしたほうがいい。

那會導致對手臉上無光，最好不要這樣做。

顔に出る　想法跟情緒都自然地表現在臉上。

❀ 彼女は喜怒哀楽の感情がすぐに顔に出るタイプだから、わかりやすい。

她的喜怒哀樂等情感全表現在臉上，很好懂。

❀ 試合の結果を聞かずとも、みんなの喜びが顔に出ていたので、すぐわかった。

就算沒有問也馬上就知道比賽的結果，因為大家都面露歡喜的表情。

顔を合わせる　碰面。

❀ 会社で毎日顔を合わせるうちに、彼のことが好きになった。

每天和他在公司碰面，不知不覺中就喜歡上他了。

❀ 久しぶりに昔の仲間と顔を合わせることができて、嬉しかった。

見到久違的舊伙伴，真是開心。

顔を出す　露面、拜訪、出席。

❀ 仕事が終わってから、パーティにちょっと顔を出すつもりです。

我打算下班後去派對上露個臉。

❀ 午後のミーティングには、顔を出すだけでもいいから、来てください。

下午的會議，就算只是露個臉也沒關係，請你來一趟。

顔を立てる　比喩給面子、顧全顔面。

❀ 上司の顔を立てるため、自分一人で決めずになんでも上司の意見を聞くようにしている。

為了顧全上司的面子，我都不擅自主張，不管什麼都諮詢上司的意見。

❀ 授賞式のスピーチでは、できるだけ彼の顔を立てるような言葉を盛り込むつもりだ。

在頒獎典禮的致辭上，會儘量加入給他面子的語詞。

大きな顔をする　比喩囂張、一副了不起的樣子。

❀ 彼が会社で大きな顔をしていられるのも今のうちだけだ。

他能在公司裡作威作福也只有現在了。

❀ あいつは今回のトラブルの張本人のくせに、大きな顔をしている。

那傢伙是這次糾紛的罪魁禍首，還一副囂張自大的樣子。

涼しい顔　一副事不關己的樣子。

❀ あれほど大きい被害を出しておきながら、あの政治家は今でも涼しい顔で大臣に就いている。

儘管災害已經如此嚴重，那個政治家竟還一副事不關己的樣子繼續做他的部長。

❀ 君は悪くないんだから、みんなに非難されようとも、涼しい顔をしてその場にいればいいと思う。

因為不是你的錯，所以就算大家追究你，你也只要在那當場一副事不關己的樣子就好。

面の皮が厚い 厚顔無恥、臉皮厚。

❀ 前回はあんなに場を混乱させておいたにもかかわらず、今回も平気な顔で参加しているなんて、どれだけ面の皮が厚いのかと、あきれてものが言えないよ。

上次把場面搞得那麼混亂，這次卻一臉若無其事的樣子來參加，真是叫人對他的厚顏無恥感到愕然。

❀ あの人は、おごってくれると聞けば誰にでもついていく、面の皮が厚いやつで有名だ。

那個人臉皮厚是有名的，只要聽到誰要請客就會跟上前去。

面の皮をはぐ 揭下面具使其露出真面目。

❀ この機会を利用して、あいつの面の皮を剥いでやろうと思う。

我打算藉用這個機會，將那傢伙的真面目揭露出來。

❀ 面の皮をはがされ、彼の形勢は一気に不利に陥った。

真面目被揭露出來，他一口氣陷入不利的形勢。

a 顔を合わせて	b 顔を出さ	c 顔を立てて
d 顔に出ない	e 顔が広い	

① 社長の_____おかげで、会社のイベントには様々な年代の
人々が参加してくれています。

② 彼はとてもお酒が強く、いくら飲んでも_____んだよ。

③ 幹事のあなたが_____なければ、同窓会は始まりませんよ。

④ 金曜日は、確か帰宅が深夜になってしまったので、その日私
は娘と_____いません。

⑤ 佐藤先輩の_____、今回だけは許してあげることにしました。

👁 眼睛（1） 🎧 62

目がくらむ ①眼花、目眩。②唯利是圖、利令智昏。

❀ 対向車のライトで一瞬目がくらんだ。

因為對向來車的照燈，一瞬間眼花目眩。

❀ あいつは金に目がくらんで、まんまと罠にはまってしまった。

那傢伙對錢迷昏了眼，完全陷入了圈套中。

目が肥える 比喻好的事物看久了，培養出鑑賞能力。

❀ あの方は絵画には目が肥えている。

那位人士對於繪畫極具鑑賞力。

❀ この展覧会には、古美術品に目が肥えた方を来賓としてお迎えしようと思う。

這次的展覽會，我打算邀請對古典美術品有鑑賞能力的來賓。

目が高い 比喻眼光很好。

❀ さすがお客様、お目が高い。こちらは職人手作りの一品ものでございます。

客人，果然您眼光很好。這是師傅純手工打造的最佳作品。

❀ 目が高い方々は、必ず他とは違うデザインをお選びになる傾向があります。

眼光好的人們，必傾向於選擇與其他迥異的設計。

目が点になる 比喻太過震驚，發不出聲音，表情凝住的樣子。

❀ 男性がミニスカートをはいているのを見て、目が点になった。

看到男生穿迷你裙，真是瞠目結舌。

❀ 彼の堂々とした言い訳にあきれ果て、その場にいた全員の目が点になってしまった。

大家對他冠冕堂皇的藉口十分驚愕，在場的人都目瞪口呆。

目がない 非常愛好、著迷。無法抗拒。

❀ わたしは甘いものには目がないので、なかなかダイエットができない。

我無法抗拒甜食，所以老是減不了肥。

❀ こうした期間限定商品に目がない客は、少なくない。

像這樣子無法抗拒限定商品的客人不少。

目が回る ①頭暈眼花。②比喻忙得團團轉的樣子。

❀ ここ数日は目が回るほどの忙しさで、まともにご飯を食べることもできないぐらいだった。

這幾天忙到團團轉，連好好吃頓飯都沒辦法。

❀ 今朝、急に目が回るような眩暈の症状に襲われた。

今天早上突然發生頭昏眼花的症狀。

目が離せない 不能疏忽大意、緊盯著。

❀ 子どもが小さいうちは少しの間も目が離せない。

孩子還小的時候連一刻都不能大意。

❀ 対立する両国の外交交渉状況の行方に目が離せない。

緊盯著對立的兩國的外交交涉的發展。

目から鱗が落ちる 恍然大悟。

❀ その本を読んで、「そういうことだったのか！」と、目から鱗が落ちた。

讀了那本書，才恍然大悟說「原來如此！」

❀ 彼のわかりやすい説明のおかげで、目から鱗が落ちるように理解できた。

他簡單扼要的說明，讓我恍然大悟。

目と鼻の先 比喩非常近的距離。

❀ 高校はうちから目と鼻の先だ。

從我家到高中非常近。

❀ ここから目と鼻の先の距離にうちの支店がある。

我們的分店在距這裡很近的地方。

目に余る 比喩太過分而不能坐視不管。

❀ 最近の若者の言葉遣いには目に余るものがある。

最近年輕人的用字遣詞有些實在太過分,聽不下去。

❀ 彼の目に余る行動は、次回の役員会議の際、問題に挙げられるだろう。

他的過分行動,在下次的董事會議中會被提出議處吧。

目に浮かぶ 比喩回憶起的畫面浮現在眼前。

❀ その文章を読むと、美しい海辺の景色が目に浮かぶようだ。

每每讀那篇文章,美麗的海濱風景便歷歷在目似的。

❀ この歌の歌詞にある桜が咲き乱れる風景が、メロディーを聞くと目に浮かんでくる。

這首歌詞提到的櫻花爛漫綻放的風景,每次我一聽到弦律就會浮現在眼前。

目にさわる 礙眼、看不順眼。

❀ 高台からの景色は、目に障るものもなく遠くまで見渡せた。

從高地上看到的景色,眼前沒有障礙物,可以眺望得極遠。

❀ 相手の行動一つ一つが目に障り、つい気になってしまう。

對對方的每一個行動都看不順眼,不由得就是會放在心上。

目にする　比喩看見。

❀ 最近「エコ」という言葉をよく目にするようになった。

　最近經常看到「環保」這個詞。

❀ 日焼けした肌に厚化粧の女子高生を目にすることは、近頃めっきり減った気がする。

　在曬黑的肌膚化濃妝的女高中生，最近似乎看到的機會遽減。

目につく　①比喩發現、看到。②顯著。

❀ 最近なぜか夫の嫌なところばかりが目に付くようになった。

　最近不曉得為什麼，盡是看到老公討人厭的地方。

❀ たくさんの似通った商品の中で、パッと目についた物だけを選びとってください。

　請在眾多的類似商品中，只選擇讓眼睛一亮的物品。

目の色を変える　①比喩非常地認真、熱中於某事。②形容太過震驚和生氣。

❀ 今日から始まったバーゲンに、多くの女性が目の色を変えて買い物をしている。

　許多女性在今天開始的大拍賣中殺紅了眼，大肆採買。

❀ さっきまではしゃぎまわっていた子どもは、授業が始まった途端、目の色を変えて勉強しだした。

　方才還大肆喧鬧的孩子們，一開始上課就神色一正地認真學習。

目を疑う　比喩雖然看到事實，但因太過震驚而不敢相信。

❀ 友達のあまりの変貌ぶりに、思わず目を疑った。

　對於朋友甚多的改變，感到無法置信。

❀ 目を疑うような景色の変わりように、一同あっと驚いた。

眾人對驚奇的變化多端景色為之驚豔。

目をつぶる（つむる） ①閉上眼睛。②睡。③死去。④裝作沒看到。

❀ A：課長、今回の件、どうもすみませんでした。

　　B：今回だけは目をつぶるが、今度からは気をつけるように。

　　A：課長，這次的事情，真是抱歉！

　　B：這次就不追究了，下次要小心哦！

❀ レポートの提出期限を守れなかったが、翌日いちばんに直接研究室へ出しに行くと、先生は今回のことに目をつぶってくださるとおっしゃった。

我沒能在期限內繳交報告，隔天一早直接去研究室交，老師說這次就不追究了。

目を通す　比喻瀏覽一遍。

❀ 会議の前に資料にざっと目を通しておいた。

在開會前大致先瀏覽了一下資料。

❀ 忙しくて、書類に目を通す時間もなかった。

忙得沒時間瀏覽文件。

目を引く　比喻引人注意的樣子。

❀ ウェブ上でぱっと目を引く広告を作りたい。

想在網站中做個讓人眼睛為之一亮的廣告。

❀ 彼女の衣装は観衆の目を引くこと、間違いなしだ。

她的衣服絕對會吸引觀眾的目光。

目を丸くする　比喩非常驚訝，瞪大眼睛的樣子。

❀ あまりの値段の高さに目を丸くした。

　　對過高的價錢感到瞪目結舌。

❀ よほどお腹が空いていたのか、彼のすさまじい食べっぷりに、みんな目を丸くして驚いた。

　　他大概是因為太餓，一副狼吞虎嚥的樣子，令大家瞪目結舌。

請填入適當語詞

a 目に余る	b 目をつぶって	c 目にした
d 目の肥えた	e 目がない	

① 我がホテルのサービスは、＿＿＿＿外国人客も認めるほどの高い水準を誇っています。

② この国の政治腐敗ぶりは、実に＿＿＿＿。

③ 彼女の失敗には＿＿＿＿、気付かないふりをしてあげよう。

④ 甘い物に＿＿＿＿彼女は、常にチョコレートを口にしている。

⑤ 私は母が、何かに心配したりストレスを感じているような姿を、今まで一度も＿＿＿＿ことがない。

 眼睛（2）🎧 63

裏目に出る 以為會出現好的結果，沒想到卻相反而產生不好的結果。

❀ 良かれと思って言ったことが裏目に出て、彼女を怒らせてしまった。

以為說了是一片好心，沒想到卻適得其反，惹她生氣了。

❀ 今回の失敗は、慎重になりすぎたことが、かえって裏目に出てしまった
ことが原因だ。

這次失敗的原因是過於謹慎反而適得其反。

大目に見る 寬大處理、不加追究。

❀ 彼女はまだ会社に入ったばかりなんですから、多少の失敗は大目に見て
あげてください。

由於她剛進公司，多多少少有做不好的地方，請多多寬容。

❀ 時間が変更したことを知らなかったので、今回の遅刻は大目に見ていた
だけないでしょうか。

由於不知道更改時間，這次的遲到不知是否可以請您寬大處理。

白い目で見る 冷淡對待。

❀ 殺人犯の家族が世間から白い目で見られている。

殺人犯的家人都受到世人異樣眼光。

❀ まだそんな商売を続けているのかと、親戚からは白い目で見られた。

「還在幹那種生意啊？」親戚們冷眼對待。

長_{なが}い目_めで見_みる ①比喻無法在短時間內做出判斷，需要長時間觀察。
②眼光放得很長遠。

❀ 長_{なが}い目_めで見_みると、賃貸_{ちんたい}マンションで家賃_{やちん}を払_{はら}い続_{つづ}けるより、家_{いえ}を買_かった
ほうがいいのかもしれない。

就長遠來看，與其住出租大廈一直付房租，搞不好買房子還比較好。

❀ まだ新入_{しんにゅう}社員_{しゃいん}なのだから、失敗_{しっぱい}しても長_{なが}い目_めで見_みてあげてください。

還只是個新人，即使搞砸了，也請觀察一段時間再下判斷。

抜_ぬけ目_めがない 精明的、狡猾的，敏銳的。

❀ 彼_{かれ}はあっけらかんとして見_みえるが、あれでなかなか抜_ぬけ目_めがないやつ
だ。

他雖然看起來什麼都不在乎，但卻是相當精明的傢伙。

❀ 世話_{せわ}になったお礼_{れい}を言_いいに伺_{うかが}ったところ、彼女_{かのじょ}は抜_ぬけ目_めなく、しっかり
紹介料_{しょうかいりょう}を請求_{せいきゅう}してきた。

我上門去感謝她的照顧，沒想到她精明地跟我要介紹費。

人目_{ひとめ}を引_ひく 引人注目。

❀ 彼女_{かのじょ}はぱっと人目_{ひとめ}を引_ひく美人_{びじん}だ。

她是受人矚目的美女。

❀ そんな奇抜_{きばつ}な衣装_{いしょう}だと、否_{いや}が応_{おう}でも人目_{ひとめ}を引_ひくだろう。

那麼奇裝異服，不管願不願意也會引人注目吧！

見る目がある／見る目がない 有眼光／沒有眼光。

❀ 彼は人を見る目があるようで、紹介してくれる人はみんないい方ばかりだ。

他似乎很有看人的眼光，介紹來的人全都很棒。

❀ 彼女は男を見る目がないから、いつも付き合う男にだまされている。

她沒有看男人的眼光，所以總是被交往的男人騙。

2-1
頭部 ❤ 眼睛(2)

目先を変える 別開生面、為了與之前不同而改變。

❀ いつも日本料理だから、たまには目先を変えてイタリア料理でも作ってみよう。

總是做日本菜，偶爾改變一下，也來做做看義大利料理吧！

❀ 新しい理論の構築には、いつもとは目先を変えた見方がヒントになることもある。

構築新的理論，有時別開生面的見解會提供靈感。

目処が立つ 有頭緒、有眉目、露出曙光。

❀ 今月の収入で、なんとかローンの支払いのめどが立った。

這個月的收入好歹讓房貸有了著落。

❀ ある程度のめどが立ってから、皆さんにはご報告します。

有某種程度的眉目後，就會向各位報告。

請填入適當語詞

a 長い目で見て   b 目処が立った   c 抜け目なく

d 裏目に出て   e 目先を変えて

① 今日は＿＿＿、日本語文法の勉強ではなく、聴解練習をして
みましょうか。

② 息子にお遣いを頼んだのだが、＿＿＿お釣りはしっかりお駄賃
にとられてしまった。

③ あの選手は努力が＿＿＿しまい、練習のしすぎで肩を壊して
しまったようだ。

④ 資金もある程度集まり、ようやく復興の＿＿＿そうだ。

⑤ 結果を急いではいけない。教育というものは、＿＿＿初めて
効果がある。

 鼻 🎧64

鼻が高い　比喩得意洋洋的樣子。

❀ 息子が二人とも一流大学に合格するとは、親としても鼻が高い。

両個兒子全考上一流大學，當父母親的自然洋洋得意。

❀ 彼女はみんなの前でほめられたことで、ずいぶん鼻が高いに違いない。

她在大家的面前受到稱讚，必定是相當得意。

鼻であしらう　不把對方說的話當一回事。冷淡對待。

❀ 彼女は近寄ってくる男性を、軽く鼻であしらった。

她冷淡對待接近她的男性。

❀ あの俳優の、ファンを鼻であしらうような態度が、ずいぶん批判を浴びている。

那位演員對影迷的冷淡態度，受到強烈批評。

鼻で笑う　比喩看不起對方，嗤之以鼻。

❀ 彼は見下したように、ライバルの失敗を鼻で笑った。

他一副看不起對方的樣子，對對手的失敗嗤之以鼻。

❀ 場に相応しくない服装の二人を、観衆は鼻で笑って眺めていた。

觀眾嗤之以鼻地注視著穿著與場合不搭調的兩人。

鼻にかける　比喩自滿、炫耀的態度。

❀ 彼女は男性にもてるのを鼻にかけているので、みんなに嫌われている。

她自認受男性歡迎而頻頻炫耀，讓大家很反感。

❀ 彼は高学歴を鼻にかけていることが、言葉の端々に伺える。

他的言談中表露出對自己的高學歷沾沾自滿。

鼻につく　比喻對某事厭煩、討厭。

❀ 彼女の自慢げな態度がいちいち鼻につく。

她傲慢的態度讓人極度厭煩。

❀ さっきから、あいつの人気者気取りが鼻について仕方がない。

從剛才開始，那傢伙一副大紅人的架子，令人討厭得要命。

鼻息が荒い　①比喻很積極的樣子。②氣勢凌人。

❀ オリンピックを前に、選手たちは鼻息荒く、金メダルを取りたいと語った。

奧運在即，選手們意氣高昂地表示希望能得到金牌。

❀ 昨夜のコンサートの興奮がまだ冷めやらぬ彼は、鼻息荒く会場の様子を話してくれた。

昨夜的演唱會的興奮還沒冷卻下來，他興緻高昂地談著會場的情形。

鼻を折る　挫其銳氣、使其丟臉。

❀ あまりにも調子に乗りすぎていると、思わぬところで鼻を折られるぞ。

太得意忘形的話，會在意想不到的地方失敗喔！

❀ 一度鼻を折らない限り、あいつの傲慢な態度は一向に変わらないだろう。

沒經過一次的挫敗，那傢伙的傲慢態度就完全不會改變吧！

鼻を高くする 趾高氣揚、得意洋洋。

❀ 部長に昇進することが内定し、最近彼は鼻を高くしているそうだ。

他被內定高升經理，最近他得意洋洋的。

❀ 売り上げが伸びていることもあって、あのメーカーの連中はますます鼻を高くすることだろう。

營業額成長，那些廠商們大概都會越發得意洋洋的吧！

鼻をつままれても分からない 比喻黑得伸手不見五指。

❀ 歩き続ける森の中には、鼻をつままれてもわからないような暗闇が、この先も伸びている。

在森林中走著，前方深邃幽暗無限延伸著。

❀ 研究は滞り、まるで鼻をつままれてもわからないような闇の中をさまよっている状況です。

研究停滯，我宛如迷失在伸手不見五指的黑暗中。

鼻を突く 臭氣撲鼻。

❀ 瓶のふたを開けると、突然鼻を突くようなにおいに襲われた。

一打開瓶蓋，一陣惡臭撲鼻而來。

❀ 部屋はガスが充満していて、強烈なにおいが鼻を突いた。

房子裡充滿了瓦斯，強烈的味道撲鼻而來。

🪭 請填入適當語詞

a 鼻息荒く	b 鼻につく	c 鼻にかけ
d 鼻が高い	e 鼻で笑って	

① 全国大会で優勝したとあって、彼はずいぶん＿＿＿＿。

② 彼女は何も言わず、ただ彼らを＿＿＿＿見ているだけだった。

③ デビューしたばかりにもかかわらず、彼女のスター気取りが

＿＿＿＿。

④ 山下君は成績もよくて、スポーツも万能だけど、そのことを

＿＿＿＿たりしないところが、またいい。

⑤ ボスに褒められ、給料も上がったと、彼は＿＿＿＿妻に報告し

た。

120

 **口、唾** (65)

2-1

頭部

口、唾

口がうまい　比喻嘴巴甜、口才好。

❀ 口がうまいセールスマンにすっかりのせられて、たくさん買ってしまった。

完全被能言善道的銷售員給哄騙了，竟不小心買了許多。

❀ 彼の口のうまさは有名で、相手を持ち上げる術を知り尽くしているらしい。

他舌粲蓮花是有名的，似乎非常瞭解吹捧對方的技巧。

口が重い　形容人沉默寡言的樣子。

❀ 祖父は子どもの頃の話になると、とたんに口が重くなる。

祖父一談到他小時候的事就突然間沉默起來。

❀ 言いにくい話になると、口が重くなるのは仕方がない。

沒辦法，一碰到難以啟口的話題就會沉默了下來。

口が堅い　堅守秘密、守口如瓶。

❀ あの人は口が堅いから、信用できますよ。

那個人口風緊，可信賴哦！

❀ 部長は口が堅いことで、社長からの信頼を得たのが出世に繋がったようだ。

經理口風緊，好像因此得到總經理的信賴，而得以高升。

口が軽い　說話輕率、無法保守秘密。

❀ あの人は口が軽いから、相談しないほうがいいでしょう。

那個人是個大嘴巴，最好別找他商量比較好吧！

❀ うわさがこんなに広がってしまったのは、口が軽いあの人のせいだろう。

謠言四散，應該就是那個大嘴巴的人害的吧！

口が裂けても～ない　比喻絕對不說出。

❀ これは彼女と二人だけの秘密だから、君には口が裂けても言えないよ。

這是我跟她兩人的秘密，是絕對無法對你說的呀！

❀ 当時経営が傾いていたことは、口が裂けても口外してはいけないと、何度も念を押されていた。

當時我多次被叮囑不得對外洩露公司經營出問題的事。

口がすべる　失言、把秘密等等說溜嘴。

❀ 秘密だと言われていたのに、つい口がすべってしまった。

明明人家告訴我是個秘密，我卻還是不小心說溜了嘴。

❀ 相手は口が滑って、我が社を中傷するような発言があったことを、ようやく認めた。

對方終於承認失口中傷我們公司。

口が達者　比喻能言善道。

❀ 彼は口が達者だから、討論では勝てない。

他能言善道，討論時實在辯不過。

❀ まだ5歳なのに、あの子はなんて口が達者なんでしょう。

那孩子才5歲卻口齒伶俐。

口が減らない 話多、貧嘴、耍嘴皮子。

❀ 久しぶりに会ったけど、あいつは相変わらず口の減らないやつだなぁ。

許久不見，那傢伙還是一副貧嘴的樣子。

❀ どんなに言いこめようとも、口の減らない彼のことだから、きっと言い返してくるよ。

不論我多想駁倒他，但是他愛強詞奪理，一定會反駁回來的。

口が悪い 比喻口出惡言、尖嘴薄舌。

❀ 彼は口は悪いけど、ほんとうは心の優しい人なんですよ。

他那個人可是刀子嘴，豆腐心哦！

❀ あの子の口の悪さは、誰に似たのかしらねぇ。

那孩子尖嘴薄舌的，到底是像誰啊？

口と腹とは違う 口是心非、表裡不一。

❀ 口と腹とは違う場合があるので、値段交渉は慎重に進めたほうがいい。

有時候是表裡不一，所以交涉價格時謹慎為宜。

❀ 何でもいいと言っていたが、彼は口と腹とは違うから、再度探ってみよう。

他雖然說都可以，但是他口是心非，你還是再去探探口風吧！

口に合う（食物或飲料）口味合得來。

❀ お口に合うかどうかわかりませんが、よろしかったらおーつどうぞ。

不曉得合不合您口味，如不嫌棄，請嚐嚐看。

❀ この味は、日本人の口には合わないかもしれないね。

這味道也許不合日本人的口味呢！

口にする　①吃（特別是品嚐高級的東西或者稀有的東西）。②說話。

❀ 外国での食事は初めて口にするものばかりで、なかなか慣れなかった。

在國外用餐時都是一些頭一遭吃到的食物，相當不習慣。

❀ 「死にたい」なんて言葉、簡単に口にするものじゃない。

「想死」這話可不能隨隨便便掛在嘴邊。

口に乗る　①上當、受騙。②膾炙人口。

❀ 営業トークの上手な店員さんの口に乗ってしまい、つい必要のない物も購入してしまった。

店員厲害的銷售話術，讓我被牽著走，不知不覺連不必要的東西也買了。

❀ 広く多くの人の口に乗るような、心に染みる歌を歌い続けたい。

希望能夠繼續唱深入大眾人心的膾炙人口歌曲。

口をきく　①說話。②調停、介紹、斡旋。③有勢力。

❀ 目上の人に、そんな口をきくものじゃないよ。

不可以對長輩那樣說話喲！

❀ 態度が横柄な彼は、口のきき方も知らないようだ。

態度傲慢無禮的他，似乎連怎麼開口說話都不知道。

❀ あの会社なら知り合いがいるから、僕が口をきいてあげようか？

我在那家公司有認識的人，要不要我去說說？

❀ 彼は相当な実力者で、業界ではかなり口がきくらしい。

他是個很有實力的人，在業界似乎很吃得開。

124

口を切る ①開口說話。②帶頭發言。

❀ 議長はまず、この会の進め方について口を切った。

會議主席首先開口說明會議進行的方式。

❀ 交渉では、まず口を切って話し始めた方こそが、有利に話を進められる
ものである。

在交涉時，先開口說話才有利話題進行。

口をそろえる 異口同聲、講的一樣。

❀ 「あの人はほんとうにいい人ですよ」と、誰もが口をそろえて言ってい
た。

每個人都異口同聲地說「那個人真是個好人喲」。

❀ 容疑者グループ全員にいくら事情聴取しても、皆口をそろえて同じこと
しか答えない。

不管再怎麼樣審問嫌疑犯集團，每個嫌疑犯都異口同聲回答同樣的內容。

口を出す 對於別人的事務插嘴。

❀ 子どものすることにいちいち口を出してはいけません。

不要對小孩子所做的事樣樣提意見。

❀ 黙って見ていられない気持ちを抑えきれず、つい口を出してしまうこと
もある。

有時候，我再也無法睜眼沉默下去，一不小心就開口插嘴。

口を尖らす ①嘟嘴。②表示不滿意。

❀ もうプールから上がるように言うと、子どもたちは口を尖らせてすねた。

一跟孩子們說「從游泳池上來吧」，他們就嘟著嘴巴生氣。

❀ 彼女の口を尖らせた表情から、かなり不満があることがうかがえる。

從她嘟嘴的表情看來，她是相當地不滿。

口をはさむ　在別人談話之間突然插話、插嘴。

❀ 他の人が話しているときに、口をはさんだら失礼ですよ。

別人正在說話，從旁插嘴是很沒有禮貌的。

❀ 係員が説明していたところ、突然彼は口を挟むように反論してきた。

工作人員在說明的時候，他突然插嘴反駁。

開いた口がふさがらない　對某事情嚇得、吃驚得目瞪口呆。

❀ 政治家のあまりに下品な発言に、呆れて開いた口がふさがらない。

對於政治家過於下流的發言，我真是吃驚得目瞪口呆。

❀ 不合理な理由を並べ立てる客を前に、店員は開いた口がふさがらない様子だった。

在陳述不合理的理由的客人面前，店員一臉目瞪口呆的樣子。

固唾を呑む　十分地注意情況的變化而緊張、提心吊膽。

❀ 観衆は優勝の瞬間を、固唾を呑んで見守った。

觀眾屏息看著獲勝的瞬間。

❀ 面接を終えた彼は、ひとり静かに、固唾を呑んで結果が出るのを待っていた。

面試結束後，他獨自一人提心吊膽地等待結果。

請填入適當語詞

a お口に合わない	b 固唾を呑んで	c 口が堅い
d 口がうまい	e 口を切って	f 口を挟む
g 口をそろえて	h 口を出さない	

① 田中は_____ので、お世辞だとわかっていても、こっちをついその気にさせてしまうんだよな。

② 吉田君は_____から、彼にだけは話しても心配ないだろう。

③ _____かもしれませんが、ご家族の皆さまでどうぞ。

④ これは我々の問題ですから、関係のないあなたは_____でくれませんか。

⑤ 先生がお見えになると、皆_____「おはようございます」と挨拶をした。

⑥ まだ私の話は終わっていませんので、_____ような発言はご遠慮ください。

⑦ 沈黙を破るように、社長は静かに_____話し始めた。

⑧ スクリーンの前に集まった人々は、オリンピックの開催地決定の瞬間を_____見守った。

耳 🎧 ⑥⑥

耳が痛い　別人的批評一針見血而聽來刺耳。

❀ 喫煙者には耳が痛い話かもしれませんが、タバコが原因で癌になる確率は非常に高いのです。

這對癮君子來說或許很刺耳，但抽煙致癌的比率可是相當高的。

❀ 彼の発言は、私の弱点を上手くついて耳が痛いよ。

他的發言正中我的弱點，真是刺耳啊！

耳が遠い　重聽、聽力不好。

❀ 祖母は最近耳が遠くなってきたようで、大きな声で言わないと聞こえない。

祖母最近似乎開始犯重聽了，講話不大聲點就聽不見。

❀ 耳が遠くなったせいか、テレビを見ているときに音がうるさいと、よく妻に注意される。

大概是因為我耳背，看電視時老婆老是說聲音好吵。

耳が早い　消息靈通。

❀ さすが耳が早い君のことだけはあって、知らせを聞いて、一番に駆けつけてくれたらしいね。

你不虧是消息靈通，一聽到消息就第一個趕過來。

❀ 彼女が何でもよく知っているのは、人一倍耳が早いからだという噂です。

有傳聞說對所有的事熟知甚詳，是因為她消息比別人靈通。

耳に入れる ①耳聞、聽到。②通知、告訴。

❀ このお話は、一応社長のお耳に入れておこうと思います。

我想這件事姑且先讓社長知道。

❀ 営業先で耳に入れた話なんですが、来年から国際取引の規制が緩和されるそうです。

從業務客戶那裡得來的消息,聽說從明年開始會放寬國際交易規定。

耳にする 聽見。

❀ 妙な噂を耳にしたが、ほんとうだろうか。

我聽到了一件奇怪的流言,這是真的嗎?

❀ この話は、なんとなくどこかで耳にしたことがあるような気がする。

我總覺得在哪裡聽過這件事。

耳を傾ける 很專心地聆聽。

❀ 有名な教授の講演に、学生たちは熱心に耳を傾けている。

學生們專心地聆聽著名教授的演講。

❀ 被告人の言い分に、耳を傾けるのが弁護士の仕事だ。

傾耳聆聽被告的主張意見是律師的工作。

耳にたこができる 聽到耳朵長繭,聽到膩了煩了。

❀ その話はもう耳にたこができるほど聞いた。

那件事我已經聽到耳朵都長繭了。

❀ 母の同じ話を何度も繰り返し聞かされて、いいかげん耳にたこができた。

媽媽不斷地反覆說同樣的事,聽得我耳朵都要長繭了。

耳を疑う 聽到意想不到的話而懷疑是否是真的。難以置信。

❀ きのう友人に耳を疑うような話を聞いた。

昨天我從朋友那裡聽到一件難以置信的事。

❀ 反政府軍が挙兵したという知らせに、一瞬耳を疑った。

得知反政府軍舉兵的消息，一時之間難以置信。

耳を貸す 傾聽對方說的話。

❀ いくら頼んでも、社長は社員の意見に耳を貸そうとはしてくれなかった。

不管怎麼拜託，總經理就是不聽員工的意見。

❀ 子供の話にも精一杯耳を貸してやることが必要だ。

全力傾聽孩子的聲音是有必要的。

聞く耳を持つ／聞く耳を持たない 聽他人的意見。／不聽他人的意見。

❀ 妻は怒ると、こちらの言うことに対して全く聞く耳を持たない。

老婆一生氣，就完全聽不進我說的話。

❀ 最初は聞く耳を持とうとしてくれなかったが、相手は徐々に心を開いてくれた。

雖然對方剛開始都完全不聽我說，後來慢慢地就打開心房了。

寝耳に水 晴天霹靂。

❀ 彼が会社を辞めるって？そんな話、寝耳に水だ。

你說他要辭職？那可真是晴天霹靂！

❀ いきなり取引を中止するなんて、寝耳に水の話です。

交易突然中止，這真是晴天霹靂！

請填入適當語詞

a 耳を疑った	b 耳を傾けろ	c 耳にたこができる
d 耳が痛かった	e 耳にした	

① 最近、彼について、よからぬ噂を＿＿＿んです。

② 説教なんかもう＿＿＿ほど聞かされた。

③ 自分勝手なことばかりしないで、人の意見に＿＿＿。

④ 彼女が長年、ご主人から暴力を受けていたことを聞いたときは、＿＿＿。

⑤ 努力もしないで高い給料を望むのは、都合がよすぎるんじゃないかと言う社長の話は、僕らにとって＿＿＿。

舌、歯

舌が回る　①說話流利。②口若懸河、口齒伶俐。

❋ あの人は所長の前だというのに、ぺらぺらとよく舌が回る。

在所長面前，那個人還講得口若懸河。

❋ 疲れが溜まっているせいか、今日はなかなか舌が回らず、うまく話せなかった。

大概是因為積壓了疲累，今天舌頭不靈活，說話不流利。

舌がもつれる　口齒不清、說話不清楚。

❀ お爺ちゃんは脳溢血のあと、舌がもつれるようになった。

爺爺中風後，講話變得不清楚了。

❀ 1分以内でこれだけの量を暗唱するとなると、舌がもつれてしまいそうだ。

1分鐘之內要背這麼多，舌頭就要打結了。

舌の根の乾かぬうちに　①言猶在耳。②話剛說完。

❀ あの政治家はこの前「原発には反対だ」と言っていたのに、舌の根の乾かぬうちに、もう反対のことを言っている。

那個政客之前明明還在講「反核」，言猶在耳，現在竟又說贊成。

❀ 舌の根の乾かぬうちに約束をたがえてもらっては、非常に困る。

約定還言猶在耳就失約，真是非常困擾。

舌を巻く　對某事讚嘆不已。

❀ 彼の投球の早さには、監督をはじめコーチ陣すべてが舌を巻いた。

他投球之快讓包含總教練在內的教練團全都讚嘆不已。

❀ 非常事態にもかかわらず、チーフの見事な采配ぶりに、皆、舌を巻いていた。

儘管緊急事態，主任仍漂亮地發號施令，大家都為此讚嘆不已。

歯が浮く　肉麻諂媚。

❀ 先生にいい印象を与えようと、あいつは平気で歯が浮くようなお世辞を言っている。

那傢伙只為了給老師好印象竟滿不在乎地說著奉承話。

❁ そんな歯が浮くセリフ、僕なんかが妻に言えるわけがない。

那種肉麻諂媚的台詞，我才沒辦法對老婆說出口。

歯が立たない　①咬不動。②事情太難處理，束手無策。

❁ さすがに N1 の問題にはとても歯が立たない。

N1 的考題真是難倒我了。

❁ どんな検事も歯が立たないと言われていたある弁護士だが、今回の裁判の弁護ではかなり苦労をしているらしい。

不論是什麼檢查官對那位律師都束手無策，但是他在這一次的開庭辯護中似乎吃了不少苦頭。

歯が抜けたよう（歯の抜けたよう）殘缺不全、不齊全、空虛。

❁ インフルエンザによる欠席者が多く、教室は歯が抜けたように空っぽだ。

由於流感很多人請假，整間教室空蕩蕩的。

❁ 本棚はすっかり整理されて、まるで歯が抜けたように本が少なくなっている。

書架整理得很整齊，空蕩蕩地少了好幾本書。

歯に合う　①合口味。②合得來。

❁ 不況でもあるけど、なかなか歯に合う仕事が見付からない。

雖說是不景氣，但我老是找不到合適的工作。

❁ 一風変わったこのお菓子ですが、お年寄りにはどうも歯に合わないらしい。

這點心別具一格，但似乎不適合老人家吃。

歯を食いしばる　①咬緊牙關。②緊咬牙齒。

❀ 貧しさに歯を食いしばって耐えてきた。

咬緊牙關一路撐過貧窮。

❀ 辛くても、歯を食いしばって頑張るしかないよ。

再怎麼辛苦也只能咬緊牙關努力呀！

請填入適當語詞

a 歯が立たない	b 舌が回る	c 歯が浮く
d 歯が抜けた	e 歯を食いしばって	

① あのキレのあるカーブには、どんなバッターも＿＿＿ようだ。

② 暑さに＿＿＿耐える選手のプレーに、精一杯の声援を送る。

③ 音楽の話となるとあれだけ＿＿＿のに、自分のこととなると突然別人のように口下手になる。

④ 今回は欠席者が多く、＿＿＿ような会場となりました。

⑤ あのドラマ、＿＿＿ようなセリフばっかりで、全然現実味がないね。

2-2 頸部、上半身、臀部

 首 68

首が繋がる　免於被開除。

❈ 仕事上のミスを同僚がフォローしてくれたおかげで、私は首が繋がった。

還好同事幫我解決工作上的失誤，讓我不用被開除。

❈ 社長に直接事情を説明すれば、何とか首が繋がるかもしれない。

只要和老闆直接說明事情始末，也許好歹可以保住飯碗。

首が回らない　周轉不靈、債臺高築。

❈ 住宅ローンと借金で首が回らない。

因房貸及借款而債臺高築。

❈ 今月は出費が多くて、首が回らない状態です。

這個月的花費頗多，正處於周轉不來的狀態。

首にする　開除、解雇。

❈ 社長は、会社の売上金を横領した社員を首にした。

老闆開除了盜領公司營業額的員工。

❈ 店長が自分の判断だけで、勝手にアルバイトスタッフを首にすることはできない。

光靠店長自身的判斷是無法隨便開除工讀生的。

首になる／首が飛ぶ　被開除。

❀ 無断欠勤が多く、ついに彼は首になった。

經常曠職，他終於遭到革職了。

❀ 赤字隠ぺいが発覚したら、間違いなくこの部署から数人の首が飛ぶだろう。

掩蓋赤字一事東窗事發，這部署鐵定有幾個人要丟掉飯碗吧！

首の皮一枚　在嚴峻的情況下，還有一線希望。

❀ 彼は会社を辞めさせられそうになったけど、今のところ、まだ首の皮一枚で繋がっているらしい。

他雖差點遭到公司開除，但現在似乎仍保有一線希望。

❀ 一旦は不合格を言い渡されたが、首の皮一枚でなんとか最終選考に残ることができた。

雖一度被告知不合格，但有驚無險地得以留到最後一關。

首を切る　裁員。

❀ 業績悪化のため、社員の首を切るほかない。

由於業績持續低迷，只好進行裁員了。

❀ スタッフの首を切ることは簡単だが、それだけで経費削減問題をすべて解決できるとは言えない。

要裁掉員工雖非難事，但光靠這個是解決不了經費縮減問題的。

首を縦に振る　認同、答應的意思。

❀ 家の建て替えについて、両親はなかなか首を縦に振らない。

父母親遲遲不肯答應重蓋房子。

❖ 以前から留学したいことは伝えていたんだが、昨夜、ようやく父が首を縦に振ってくれたんだ。

以前就提過想要留學，昨晚爸爸終於點頭答應了。

首を突っ込む　①投入自己有興趣、在意或與自己有關係的事情。
　　　　　　　　②干涉某事。

❖ いちいち人の家庭の問題にまで首を突っ込む必要はないでしょう。

沒必要一一干涉人家的家務事吧！

❖ あいつは別の部署のくせに、いつも俺らの仕事に首を突っ込みたがるんだ。

那傢伙明明是別的部門，卻總想插手我們的工作。

首を長くする　形容非常期待的樣子、引頸期盼。

❖ 彼が外国から帰ってくるのを首を長くして待っている。

引領期盼他自國外回國。

❖ よほど自信があったのか、試験の結果が出るのを、彼女は首を長くして待っていました。

大概是因為相當有自信，她滿心地期盼著考試結果出爐。

首をひねる（對不了解或不贊同的事物）揣摩、思量。

❖ どうして彼女のような美人があんな男と結婚したのかと、みんなが首をひねった。

大家全思忖著為什麼像她那樣的美女會嫁給那種男人。

❖ 審判のストライク判定に、バッターは首をひねるしかなかった。

對於裁判所判的好球，打者只能歪著頭表示質疑。

首を横に振る（くび を よこ に ふ る）　①搖頭。②不同意。

❊ いくら説得したところで、彼は首を横に振り続けるだけだった。

不管再怎麼說服，他就光搖頭，不肯答應。

❊ 新しい機械購入について、社長が首を横に振る理由は、経費削減以外にあった。

有關新機械的採購，老闆不肯答應的原因並非是經費縮減（是其他原因）。

請填入適當語詞

a 首が回らない	b 首を長くして	c 首をひねって
d 首を切る	e 首を縦に振って	

① うちの会社は零細企業だから、いつも資金繰りで＿＿＿＿。

② また同じようなへまをやらかしたら、次は必ず＿＿＿＿からな。

③ ペットを飼いたいと、親に何度もせがんだが、なかなか＿＿＿＿くれなかった。

④ 子供たちは＿＿＿＿夏休みになるのを待っている。

⑤ 鈴木さんのやり方に、みんな＿＿＿＿いる。

🔊 喉、聲音、息 （69）

のどが鳴る／のどを鳴らす　見到好吃的食物而饞得要命。

❀ 三日ぶりのまともな食事とあって、喉が鳴った。

隔了三天才吃到的像樣餐點，真是饞得要命！

❀ 犬はおいしそうな餌を前に、喉を鳴らした。

狗兒在似乎很美味的飼料前猛流口水。

のどから手が出る　對事或物非常想要、渴望。

❀ あの新しい車がのどから手が出るほどほしい。

我實在非常想要那台新車。

❀ この模型は希少価値が高く、マニアにとってはのどから手が出るほど手に入れたいはずだ。

這模型稀有價高，對模型迷來說應該非常想得到才對。

のどを通らない　①形容因煩惱或擔心而吃不下飯。
　　　　　　　　　②（食物）吃不下、喝不下。

❀ 昨日から帰ってこない息子のことが心配で、食事がのどを通らない。

擔心一整晚沒回來的兒子，食不下嚥。

❀ 風邪で扁桃腺が腫れ上がり、水さえ喉を通らないほどだった。

因感冒而扁桃腺腫起來，甚至連水都沒辦法喝。

声を掛ける／声が掛かる　邀請。／受長輩、上司推薦。接受特別安排。

❀ 来週のパーティ、他の友だちにも声を掛けてみるね。

也試著邀請其他的朋友前來參加下週的舞會吧！

❀ 次期会長候補として、山本氏に声が掛かっているらしい。

聽說已邀請山本先生競選下屆會長。

声をそろえる　異口同聲。

❀ 学生はみな、声をそろえて挨拶をした。

學生全都齊聲地打招呼。

❀ 反対する者は一人もなく、参加者全員が賛成と声をそろえてくれた。

沒人反對，與會者全都齊聲贊成。

声を大にする　大聲地說、強力主張。

❀ 私は無罪だと、声を大にして訴えるつもりだ。

我打算強力主張我是無罪的。

❀ この場にお集まりの皆さまに、声を大にして言いたいことがあります。

我有一事想對齊聚於此的各位大聲疾呼。

声をのむ　把話吞下去，不作聲。

❀ 観衆はみな声をのんで、その場の成り行きを見守った。

全體觀眾屏息注視當時現場的發展。

❀ あまりの突然の辞令に、私は声をのむしかなかった。

對於突如其來的人事命令，我只能把意見往肚裡吞了。

息が合う　比喻雙方契合度相同、步調也相同。

❀ 学生たちはコンクールで息が合ったダンスを披露した。

學生們在比賽中展現出默契極佳的舞姿。

❀ この漫才コンビは、関西弁の息の合った掛け合いで人気だ。

這組對口相聲因為契合的關西腔台詞而大受歡迎。

息がかかる　受到庇護。

❀ あそこは、社長の息がかかった社員が長年のさばっている会社だ。

那是一間，以老闆為後台的員工，長年以來都在偷懶的公司。

❀ 例の建設会社は、政治家の息がかかっているから、扱いには気をつけろ。

那家建設公司由於有政治家罩著，所以應對進退上要小心！

息が切れる／息を切らす　上氣不接下氣、喘噓噓。

❀ 歳のせいか、駅の階段を上がるだけですぐ息が切れる。

是上了年紀嗎？光是爬個樓梯都氣喘如牛。

❀ 子供たちは遠くから、息を切らしながら駆け寄ってきた。

小孩子從遠方氣喘噓噓地跑了過來。

息を殺す　屏息、不敢喘大氣。

❀ ここにいることがばれるとまずいから、しばらくじっと息を殺して動かないでくれないか？

讓人知道我在這裡可就不妙了，可不可以請你暫時屏息別動？

❀ 物陰から、息を殺してこちらの様子をうかがっていた。

躲在暗處屏息地盯著這邊的情況。

息が詰まる　比喻在緊張的氣氛當中感到難以呼吸。

❀ 面接の息が詰まるような雰囲気が苦手だ。

我很怕那種面試時的緊繃氣氛。

141

❀ 緊張のあまり、息が詰まる思いがした。

太過於緊張而感到呼吸困難。

息をのむ（因危險、吃驚、嚇得）喘不上氣。

❀ ボールがラインを割った瞬間、観客は息をのんで審判の旗に注目した。

球劃過線的瞬間，觀眾全都屏息注視判決的旗怎麼舉。

❀ 彼女の美しさに、誰もが皆息をのんだ。

任誰都會對她的美麗感到驚豔。

息を抜く 休息一下，喘口氣。

❀ ここら辺で息を抜いて、コーヒーでも飲みませんか？

要不要在這邊休息一下，喝杯咖啡？

❀ 今肝心なところだから、息を抜かず、あと少し作業を続けてもらいたい。

現在正是關鍵時刻，別休息，再繼續拼一下。

一息入れる（長時間專注於某事而）稍作休息。

❀ みんな働きづめだから、ちょっとこの辺で一息入れましょう。

大家全都不停地工作，在此稍作休息吧！

❀ 一息入れたあとオフィスにもとると、すぐ仕事にとりかかった。

休息完一回到辦公室便馬上開始工作。

❀ 請填入適當語詞

a 息が切れて	**b** 息が合っている	**c** のどを通らない
d 息が詰まった	**e** 声をそろえて	**f** のどから手が出る

① ついにボーナスが出たので、ずっと＿＿＿ほどほしかったネックレスをやっと手に入れることができた。

② 家出した娘のことが心配で、食事がほとんど＿＿＿毎日です。

③ 佐藤部長と鈴木課長は、性格は全く違うタイプにもかかわらず、仕事ではぴったり＿＿＿。

④ 試験会場は＿＿＿雰囲気で溢れていた。

⑤ 全力で走ってきたので、＿＿＿苦しそうだ。

⑥ 新しい制服を着てみせると、みんな＿＿＿似合うとほめてくれた。

肩、腹、臍 🎧 70

肩に力が入る　比喩太過緊張而無法充分發揮實力。

❀ 肩に力が入りすぎていると、何事もうまくいきませんよ。

過於緊繃的話，任何事都不會順利的喔！

❀ 次のプロジェクトのリーダーに選ばれて、ずいぶん肩に力が入っているそうだね。

被選為下個企劃案的領導人，聽說相當緊張。

肩を落とす　比喻結果和期待的事物相反，很失落的樣子。

❀ 試合に負けて、選手たちはがっくりと肩を落とした。

輸了比賽，選手們垂頭喪氣，相當失落。

❀ 今回は惜しい結果となったが、肩を落とすことなく、再度奮起してほしい。

雖然這次的結果令人惋惜，但希望別洩氣，再努力！

肩を並べる　比喻地位和實力相同，並駕齊驅的意思。

❀ これで台湾のチームも世界的強豪と肩を並べたと言えるだろう。

如此一來，我們可以說中華隊也和世界的頂尖隊伍並駕齊驅了。

❀ 新人にもかかわらず、先輩格の選手と肩を並べるまでに力を付けてきた。

儘管是個新人，但卻一路成長到和老選手並駕齊驅的實力。

肩を持つ　夥伴，站在同一陣線的人的意思。

❀ 主人はいつも妻である私よりも、姑の肩を持つ。

外子總站在婆婆那邊，而不站在我這個妻子這邊。

❊ 明らかに作為的な 陥 れに違いないので、相手の肩を持つ必要なはい。

這很清楚地是故意陷害，所以沒必要站在對方那邊。

肩にかかる　背負重要責任等等的事情。

❊ このプロジェクトの成功は君たちの肩にかかっているんだよ。

這企劃案的成功全靠你們了呀！

❊ 会社の 将来は、事 業を軌道に乗せようと奮闘する彼の肩にかかっている
と言ってもよい。

可以説，公司的未來就繫在欲讓事業上軌道而奮鬥的他身上了。

肩の荷を下ろす／肩の荷が下りる　卸下重任，鬆一口氣的樣子。

❊ 子どもたちがみんな独立し、やっと親として肩の荷を下ろすことができ
ました。

孩子們全都獨立，父母親肩頭上的重擔總算可以卸下了。

❊ 取りあえずやることはやりましたが、肩の荷が下りるのは、結果が出て
からです。

總之能做的都做了，等結果出來後就可以卸下重擔了。

肩身が狭い／肩身が広い　丟臉、臉上無光、沒面子。／有面子。

❊ リストラされてから、ずっと妻に 養ってもらっているのは肩身が狭い。

自從遭到裁員後就一直讓妻子養，真是沒面子。

❊ 自分以外はすべて他大学の学生で占められていて、何となく肩身が狭い
思いだ。

除了自己以外（的名額）全被其他大學的學生占走，總覺得很沒面子。

❀ 先輩方の活躍で、我々後輩は肩身が広い思いをしていた。

靠著學長姐們大展身手，我們這些學弟妹都覺得與有榮焉。

腹が黒い　黑心腸、心眼壞。

❀ 彼は横領や着服を繰り返す、腹が黒いやつだ。

他不斷地盜領及私吞，真是壞心眼的傢伙。

❀ スポーツも腹が黒い相手だと、非常にやりにくい。

在運動中碰到心眼壞的對手可就難對付了。

腹が据わる　沉著、有決心。

❀ 山田君は入社1年目にもかかわらず、腹が据わって堂々としている。

山田儘管才進公司第一年，卻沉著又磊落。

❀ 会長はこの期に及んでも慌てふためいたりしない。さすが腹が据わっている。

會長到了關鍵時刻依然不慌不忙。真是沉著。

腹が立つ／腹を立てる　生氣、發怒。

❀ 上司に理不尽に怒られて、腹が立った。

遭到上司無理遷怒，氣得很。

❀ あんなにしつこく言われては、彼が腹を立てるのも無理はない。

被那麼樣子地數落，他會生氣也是在所難免。

腹に一物　居心叵測、居心不良。

❀ 結果に納得がいかないというような、腹に一物ありげな表情だ。

一副對結果不以為然、居心叵測的表情。

❀ 次の対戦相手は腹に一物ある男なので、油断するな。

接下來的對手居心叵測，千萬大意不得。

腹の虫がおさまらない　比喻一直持續生氣，無法平息火氣。

❀ 「ごめん」と謝られるだけでは、腹の虫がおさまらない。

光一句「對不起」是平息不了我的怒火的。

❀ 腹の虫がまだおさまらないのか、彼は愚痴をこぼし続けている。

大概是怒氣未消吧！他還在發牢騷。

腹を決める　比喻下定決心。

❀ 長年働いた会社を辞めて、海外留学することに腹を決めた。

辭掉工作了許多年的公司，下定決心要去國外留學了。

❀ なかなか状況が改善しないと見えて、私は腹を決めて直談判に向かった。

似乎狀況老不改善，我毅然決然地要求直接談判。

腹をくくる　比喻下定決心、做了心理準備。

❀ ついに腹をくくって、彼女と結婚することにした。

終於下定決心要和她結婚了。

❀ 社長は腹をくくる思いで、海外支店をすべて閉鎖した。

老闆毅然決然地關閉所有國外分公司。

腹を割る　說真心話、打開天窗說亮話、推心置腹。

❀ 今日は二人だけで食事するんだから、腹を割って話そうじゃないか。

今天就我們倆吃飯，打開天窗說亮話，好好聊聊吧！

❀ あいつは腹を割って話せる、唯一無二の親友だ。

那傢伙是我推心置腹、獨一無二的好朋友。

腑に落ちない　不能理解、難以接受。

❀ 判決が覆ることはなく、彼にとっては腑に落ちない結果となった。

判決沒被推翻，這結果對他而言相當難以接受。

❀ 勝負は明らかについたはずなのに、試合やり直しとは腑に落ちない。

照理說勝負已分，卻說比賽要重打，這讓人難以接受。

へそを曲げる　形容個性彆扭、乖僻。

❀ 彼女はちょっとしたことで、すぐにへそを曲げる。

她動不動就因為一點小事而鬧彆扭。

❀ おもちゃを買ってもらえなかった娘は、へそを曲げたまま寝てしまった。

女兒沒辦法叫人買玩具給她，鬧著彆扭睡著了。

🪭 **請填入適當語詞**

a 肩を持って	b 腹が立たない	c 肩を落とす
d 肩を並べる	e 腹の虫がおさまらない	f へそを曲げて

① A高校の野球部は、長年甲子園出場を逃してはいるものの、ここ数年力を付けてきていて、中にはプロと＿＿＿ほどの有力選手もいるようだ。

② 学級会ではほとんどのクラスメイトが私の意見に反対したんですが、あまり話したことのなかった野口さんだけが、私の＿＿＿＿くれたんです。

③ 試合に負けたからって、そんなにがっくり＿＿＿ことはない、頑張って！

④ 客にあんなひどいことを言われて、よく＿＿＿＿よね。

⑤ ああいう失礼な奴には、一度何か言ってやらないと＿＿＿＿よ。

⑥ アイスクリームをもらえなかった娘は、すっかり＿＿＿＿、名前を呼ばれても返事すらしない。

背、腰、尻 🎧 /71

背にする 背對……。

🌸 被害者はドアを背にして、後ろから刺されていました。

受害者背對著門，被人從背後刺了一刀。

🌸 富士山を背にして、みんなで写真を撮りませんか。

要不要以富士山為背景，大家一起拍張照？

背に腹は代えられぬ 為了救燃眉之急，顧不得其他。

🌸 ここまで借金が増えたからには背に腹は代えられない。土地を担保に差し出そう。

既然已債臺高築到這種地步那也顧不得其他了，把土地拿去抵押吧！

🌸 多くの犠牲を伴うことは承知していましたが、背に腹は代えられぬ思いでリストラに踏み切りました。

我知道會有眾多的犧牲，但還是以破釜沉舟的心情進行了裁員。

背を向ける ①轉身過去。②不理睬。③背叛。

🌸 私たちに背を向けたまま、彼は一度も振り向くことなく去っていった。

他就這樣不理我們，頭連一次也不回地離去。

🌸 まさか身内に背を向けられるなんて、思ってもみなかった。

萬萬沒想到會遭到自己人背叛。

背筋が寒くなる 不寒而慄。

🌸 あと少し出発が遅れていたら、あの事故に巻き込まれたのかもしれないと考えると、背筋が寒くなる思いがした。

每每想到，要是再晚一點出發的話就會碰上那起事故，就不寒而慄。

❋ 患者のほとんどが死に至るという、背筋が寒くなるような恐ろしい病の話を聞いた。

我聽到了讓人不寒而慄的恐怖疾病事件，說是病患幾乎都會死亡。

腰が砕ける　①態度軟化。②中途鬆懈、半途而廢。

❋ 味方の加勢が来ないとわかると、一同は急に腰が砕けてしまった。

一知道支持自己的援軍不來，一行人突然間腳軟了。

❋ 大統領が話し合いを呼び掛けると、腰が砕けたように抗議デモがおさまっていった。

總統一呼籲協商，抗議示威活動立刻態度軟化下來。

腰が強い　①態度強硬。②黏度強、有嚼勁。

❋ あのチームは攻撃の腰の強さでここまで勝ち上がってきた。

那一隊靠著強勁的攻勢一路過關斬將。

❋ 讃岐うどんは麺の腰が強い。

讚岐烏龍麵條有強勁嚼感。

腰が抜ける　癱軟、嚇軟。

❋ 緊張感から解き放たれて、腰が抜けたようにその場に座り込んでしまった。

從緊張感中解放開來，癱軟似地當場坐了下去。

❋ 相手側は急に弱気になり、腰が抜けた反論しか出なかった。

對手突然氣勢轉弱，只能提出無力的反論。

腰が低い　比喻態度謙虛。

❋ あの店の店員はとても腰が低くて、話し方も丁寧だ。

那家店的店員態度謙虛，講起話來客客氣氣的。

❀ 新しくリーダーに選ばれた彼は、腰の低さでみんなの信頼を集めた。

被選為新領導者的他，由於態度謙虚，獲得不少信賴。

（重い）腰を上げる 開始行動。

❀ 首相は当初、その法案の成立に消極的だったが、他国の批判を受けてやっと重い腰を上げた。

首相當初對那個法案成立的態度消極，但是受到他國的批評後，終於採取行動了。

❀ あまり乗り気ではないが、ようやく重い腰を上げて仕事にとりかかった。

雖有點提不起勁，最後還是開始行動回到工作崗位。

腰を下ろす 坐下。特別是強調站著到坐下的動作。

❀ 公園の芝生に腰を下ろして弁当を食べた。

坐在公園的草坪上吃便當。

❀ 立ち話も何ですから、お茶でも飲みながら腰を下ろして話しましょう。

站著聊有點奇怪，喝杯茶什麼的，慢慢坐下來聊吧！

腰を据える 沉穩坐下來做某事、專心致志。

❀ 我が社は新しいソフトウェアの開発に、腰を据えて取りかかった。

敝公司專心致力於新軟體的開發。

❀ 相手は腰を据えて、じっとこちらを見つめている。

對方穩下來，緊緊盯著我們。

腰を抜かす ①形容吃驚得站不住腳的樣子、嚇癱了。②腰沒力站不住。

❀ 暗闇から突然白い服を着た女の人が出てきて、腰を抜かした。

有個穿白衣服的女子突然從黑暗中冒了出來，嚇得我雙腿發軟。

❀ 金髪に染めた髪を見て、母は腰を抜かしていた。

媽媽看到我染金髪，嚇壞了。

尻が重い／腰が重い　　①動作遲緩。②不願意行動。

❀ また炎天下の中での作業に戻らねばならないと考えると、尻が重い。

一想到還得回到火傘高張的工作裡，就不想動。

❀ あの気難しい客のところへは、腰が重くて行く気にならない。

要去那難搞的客人那兒，想到就懶，一點也不想去。

❀ 腰が重い夫がなんとか旅行に行く気になった。

懶得動的老公總算想去旅行了。

尻が軽い　　①動作靈活。②指女性輕浮。

❀ 億劫な清掃作業も、あと少しで終わりかと思えば尻が軽い。

一想到麻煩的打掃工作再一下子就做完了，就覺得好輕鬆。

❀ あの尻が軽い女は、金持ちと聞けばどんな男にでもついていく。

那個輕浮的女人，只要聽到是富豪，不管對方是什麼男人都會黏上去。

尻にしく　　形容太太強勢站在丈夫頭上。

❀ 彼は家では奥さんの尻にしかれているらしい。

聽說他在家裡被老婆騎在頭上。

❀ 夫婦円満のためには、妻が夫を尻に敷くくらいがちょうどいいんです。

為求夫妻圓滿，老婆當家可是剛剛好的。

尻に火がつく　比喻迫在眉睫、火燒屁股。

❀ 学生たちはレポートの締め切りが近づいてきて、やっと尻に火がついたようだ。

報告繳交期限在即，學生們似乎火燒屁股了。

❀ みんないつまでもだらだらと休んでばかりで、尻に火が点かない限り、動こうとしない。

大家光是懶散地休息，只要火不燒到屁股就連動都不動。

尻を叩く　鼓勵提起幹勁，早一點將事情做完，帶有催促之意。

❀ いつまでもテレビばかり見ている息子の尻をたたいて勉強させた。

催促老看電視的兒子去讀書。

❀ 願書提出がまだの学生たちには、尻を叩いて急かせるべきだ。

還沒繳交申請書的學生們，該叫他們提起幹勁趕一趕了。

尻をまくる　突然轉為強勢反抗、耍賴。

❀ それまで黙って聞いていた彼は、突然尻をまくって反論に出た。

一直默默聽著的他突然間態度大轉變，提出反論。

❀ 警察がアリバイを完全に否定すると、容疑者は尻をまくったかのように居直った。

警察一否定不在場證明，嫌犯立刻翻臉耍賴。

尻を持ち込む　前來追究責任、要求善後。

❀ 夫婦の言い分は全くかみ合わず、けんかはとうとう、親戚に尻を持ち込むまでに至ってしまった。

夫妻兩人的理由完全不搭調，架吵到最後竟向親戚追究責任。

❀ 事態を自分で悪化させたくせに、いつも私に尻を持ち込むのはやめてください。

事情都是你自己搞嚴重的，請不要總是要我來擦屁股。

❀ **請填入適當語詞**

a 尻に火がついて	b 背にして	c 腰を下ろして
d 尻を叩かれて	e 腰が低い	

① 夏休みも残り三日。やっと＿＿＿＿宿題をやり始めたが、到底まにあいそうもない。

② 琵琶湖を＿＿＿＿、みんなで記念写真を撮ろう。

③ 国民に＿＿＿＿、やっと行政側が動き始めたようだ。

④ お隣のおじさんは、大会社の社長だそうですが、偉そうな態度をふるまうこともなく、いつも＿＿＿＿印象だ。

⑤ 一人公園に向かった彼は、静かにベンチに＿＿＿＿、今後のことを考え始めた。

2-3 內臟、身體表面

 心

心が通う／心を通わせる 互相理解、心意相通。

❀ たとえ言葉は通じなくても、いっしょに行動することで心を通わせることができる。

就算語言不通,藉由一起行動也能心意相通。

❀ 被災地の皆さまと心が通うふれあいをすることが、このイベントの目的です。

和災區的各位做相互理解的心靈交流就是本活動的目的。

心に掛ける 掛心、惦記、銘記在心。

❀ いつもお心に掛けていただき、ありがとうございます。

總是承蒙您掛心,真是由衷感謝。

❀ 田舎に住む年老いた両親のことを、常に心にかけているつもりです。

心裡總掛念著住在鄉下的年老雙親。

心に残る 印象深刻。

❀ あの映画でいちばん心に残ったのは父親が家を出て行くシーンだ。

那部電影最讓人印象深刻的是父親離家而去的那一幕。

❀ お客様の心に残るようなおもてなしをして差し上げるべきです。

應該要用會讓客人印象深刻的待客之道來加以款待。

心にもない 並非出自於本意、違心。

❀ 無理してそんな心にもないことを言わなくてもいいよ。

別勉強自己說出那種違心之論。

❀ 心にもないお世辞を言っても、相手はお見通しだ。

說些違心的奉承話，對方也是會看穿的。

心を入れ替える 洗心革面、重新做人。

❀ 明日からは心を入れ替えて、禁煙したいと思います。

我想從明天開始洗心革面來戒煙。

❀ これまでの驕りを反省し、心を入れ替えて練習に励むよ。

反省之前的驕傲，洗心革面後加緊練習。

心を打つ 打動人心。

❀ 彼女の美しい歌声は多くの人の心を打った。

她的美麗歌聲打動了許多人的心。

❀ 彼からの手紙には、心を打つような数々の言葉が書いてありました。

他的信裡寫著好多打動人心的字句。

心を鬼にする 儘管同情，但為了對方好，故意嚴格以對。鐵了心腸。

❀ 子供の将来のために心を鬼にして叱ってやる。

為了孩子的將來，把心一橫，罵罵他。

❀ わざわざ謝りに来てくれたそうですが、ここはひとつ、心を鬼にして突き返そうと思う。

聽說特地前來道歉，但我打算心一橫加以拒絕。

心をくだく　煞費苦心。

❀ 親は子供のことに心をくだく。

父母親為了孩子煞費苦心。

❀ 代議士は、地元の農村における貧困問題に、心を砕いて解決に奔走した。

眾議員為了解決當地農村的貧窮問題，煞費苦心地四處奔走。

心を配る　對於周圍的人事物非常細心。

❀ 彼女は常に周囲に心を配っているので、同僚から大変評判がいい。

她對周遭的人事物總是非常細心，同事對她的評語都相當好。

❀ 開会のスピーチは、あらゆる立場の人がいることに心を配った内容だった。

開場演說的內容顧及到所有立場的人士。

心を許す　卸下心防、信賴。

❀ 心を許した相手としか、そんな大切な話はできません。

那種重要的事只能和值得信賴的人講。

❀ 堅物で知られる会長は、唯一秘書にだけ心を許しているらしい。

以耿直出名的會長似乎只對秘書卸下心防。

心臓が強い　不畏懼一般人會擔心或者感到丟臉的事情，很有膽量的意思。

❀ ものおじせずに結婚式の司会ができるなんて、彼女は心臓が強いなあ。

擔任婚禮主持人卻不膽怯，她真有膽量啊。

❈ たびたびピンチをチャンスに変える彼は、なんと心臓が強い人だと、もっぱらの噂です。

他每每化危機為轉機，大家都說他真是有膽量的人。

請填入適當語詞

a 心に残っていた	**b** 心を鬼にして	**c** 心をくだいて
d 心を許した	**e** 心を配る	

① 先代の社長 はかねてより、人材育成について相当＿＿＿＿い
た。

② 子供の将来のために＿＿＿＿きちんと叱れる親こそ、優しい親
だと言えるのではないでしょうか。

③ あんな嘘ばっかりの男に、つい＿＿＿＿私がばかだったわ。

④ 卒業式で話してくれた、担任の先生の一言が、ずっと＿＿＿＿。

⑤ 取引先の会社の社長が弊社を訪問することになった。皆、く
れぐれも失礼のないように＿＿＿＿ように。

胸、胃、腸、肝、膽 🎧

胸が痛む 痛心、難過。

❀ 津波の被害のニュースに胸が痛む。

看到海嘯的新聞，內心感到非常痛心。

❀ 彼女の不幸だった生い立ちを想像すると、胸が痛むばかりだ。

一想到她不幸的成長過程心就痛。

胸がいっぱい 心中充滿快樂、悲傷、期待或感動……等情緒。

❀ こんなすばらしい賞をいただけるなんて、感動で胸がいっぱいです。

竟然拿得到這麼棒的獎，心中滿是感動。

❀ 恩人との再会に、胸がいっぱいで言葉にならなかった。

和恩人再相逢，心中感慨萬千，無法言語。

胸が裂ける 痛心、難過得心如刀割般痛苦。

❀ 突然の訃報を聞いた私は、胸が裂けるような悲しみでいっぱいだった。

我突然得知訃聞，悲傷得心如刀割。

❀ お腹を痛めて生んだわが子との別れに、胸が張り裂ける思いがした。

要和懷胎十月的親生兒分開，感覺就像心被千刀萬剮。

胸が詰まる 形容難過的情緒充滿心中。

❀ そのニュースを見て、悲しみで胸が詰まる思いだ。

看到那新聞，不禁悲從中來。

❀ 優勝を手にした瞬間、胸が詰まってなにも言えなかった。

獲勝的一瞬間，千頭萬緒，無法言語。

胸が焼ける 胃酸逆流等等引起的不適。燒心。

❁ 食べ過ぎてしまったせいか、何やら胸が焼ける。

是因為吃太多嗎？總覺得火燒心。

❁ 今朝からずっと胸が焼けて、まったく食欲がない。

今天早上開始就火燒心，完全沒食慾。

胸を打ち明ける 坦誠相告。

❁ 沈黙を破って、少しずつ辛い胸を打ち明けてくれた。

打破沉默，一點一點地坦誠說出心裡的苦楚。

❁ あいつには関係ないことだから、わざわざ秘密を打ち明ける必要はない。

這事和他沒關係，沒必要坦誠說出這秘密。

胸を打つ 形容非常感動的樣子。

❁ その小説の中の一文が私の胸を打った。

那部小說當中的一段文章深深觸動了我的心弦。

❁ 彼の誠実な告白は、彼女の胸を打つものだった。

他誠實的告白深深打動她的心。

胸を張る 形容有自信、自傲的樣子。挺起胸膛。

❁ 私たちは何も悪いことはしていないのだから、胸を張って生きよう。

我們沒做任何壞事，所以挺起胸膛活下去吧！

❁ 戦いを終えた選手たちは、胸を張って表彰台に上った。

結束比賽的選手們氣宇軒昂地站上頒獎台。

胃が痛い 因不安、擔心或煩惱……等情緒而胃痛。

❀ 息子の受験のことを考えると胃が痛い。

　一想到兒子要考試，我的胃就痛。

❀ 上司からのストレスがひどくて、近頃胃が痛いよ。

　上司給我的壓力相當大，最近胃好痛。

腸が煮えくり返る／腸が煮え返る 非常地氣憤。

❀ あいつのふと漏らした一言に、私は腸が煮えくり返るほど頭にきた。

　那傢伙無意間透露出來的一句話讓我氣到七竅生煙。

❀ 思わぬ味方の裏切りに遭い、彼は腸が煮えくり返っていた。

　遭逢意想不到的盟友背叛，他相當氣憤。

肝が据わる 穩如泰山。

❀ あの人はまだ若いのに、ずいぶん肝が据わっている雰囲気がある。

　那個人明明還很年輕，感覺上卻很穩重。

❀ 私たちの間で、鈴木君はなんて肝が据わったやつなんだと、もっぱらの評判ですよ。

　鈴木在我們之間的評價不錯，都說他很穩重。

肝に銘じる 銘記在心。

❀ 先生方に叱咤激励いただいたお言葉を肝に銘じて、がんばっていきたいと思います。

　老師們鞭策、激勵的字字句句銘記在心，我會好好加油！

❀ 今回の失敗を肝に銘じて、再度挑戦していきたいです。

　想記取這次的失敗，再度挑戰。

度肝を抜かれる　嚇破膽。

❀ 彼の奇抜な発想に、一同度肝を抜かれた。

對於他天馬行空的想法，一行人全都嚇破膽。

❀ あの経営者は、世間が度肝を抜かれるような大胆発言をすることで有名です。

那個大老闆以驚世大膽發言而出名。

胆が据わる　有膽量。

❀ 彼はいつも落ち着いていて、胆が据わっている。

他總是很沉穩且有膽量。

❀ さすが経験豊富な人物だけあって、物事におそれることのない、胆が据わった人だ。

真不愧是經驗豐富的人物，有著不怕事的膽量。

a 胆が据わっている	b 胸を打つ	c 肝に銘じて
d 胸がいっぱい	e 腸が煮えくり返る	f 胸が詰まり

①　彼のスピーチは、亡き父への思いに満ちていて、聞く人の＿＿＿＿ものだった。

②　最近のいじめのニュースについて、遺族の気持ちを思うと、そのたびに私は気の毒で、＿＿＿＿そうになる。

③　娘の晴れ姿を見て、花嫁の父は＿＿＿＿になった。

④　責任をなすりつけられて、私は＿＿＿＿ほどの怒りを覚えた。

⑤　指導員からの注意事項を＿＿＿＿、作業に取り掛かってください。

⑥　新代表の彼に関して、慌てふためくことなく淡々とトラブル処理を指示する姿に、ずいぶん＿＿＿＿と評判です。

血、涙、身、骨 🎧 74

血が騒ぐ 熱血沸騰。

❀ 祭りが始まると、男たちの血が騒ぐ。

　祭典一開始，男生們就都熱血沸騰。

❀ 長年の圧政に耐えかねた民衆は、しだいに民族の血が騒ぎ出し、独立の気運が高まっていった。

　難以忍耐長年的暴政，民眾的熱血漸漸沸騰，獨立情勢升高。

血の気が引く （由於生病、嚇到而）失去血色、臉色刷白。

❀ さっきまで乗っていたバスが事故にあったと聞いて、血の気が引いた。

　聽到方才搭乘的巴士出了車禍，嚇得我臉色慘白。

❀ あと一歩遅かったらと考えると、一気に血の気が引いた心地がした。

　一想到只要再慢一步，就隨即嚇到魂飛魄散。

血も涙もない 沒血沒淚、沒有感情、冷血的人。

❀ 貧しい民に課税を要求するなんて、血も涙もない法案だ。

　竟然還要課窮人的稅，真是沒血沒淚的法案。

❀ 父親の血も涙もない突き放し方に、息子は失望感でいっぱいだった。

　對於父親沒血沒淚的不理不睬，兒子心中充滿失望。

血を見る 因爭鬥而發生死傷事件，形容情況慘烈。

❀ このまま両者の対立が続けば、血を見る結果になるよ。

　雙方的對立再這麼持續下去，結果可是會很慘烈哦！

❀ 争いで血を見ることはできるだけ避けたいという判断から、和解を模索し始めた。

基於判斷能儘量避免打仗見血就儘量避免，於是開始尋求和解。

血を分ける　至親骨肉。

❀ 血を分けた二人は、その後別の人生を歩んでいる。

至親骨肉的二人之後過著不同的人生。

❀ みんな血を分けた兄弟なんだから、力を合わせて家を盛り立てよう。

大家全是至親骨肉的兄弟，齊心合力把家重振起來吧！

涙に暮れる　悲痛欲絕，一直哭泣。

❀ 恋人と別れた彼女は、それからというものの涙に暮れる毎日が続いた。

她和愛人分開，後來就每天以淚洗面。

❀ 涙に暮れて過ごす日々は、もうたくさんだ。

真是受夠在淚水中度日子了。

涙をのむ　忍受委屈。

❀ 僕たちのチームはまた決勝で涙をのんだ。

我們隊又在決賽中鎩羽而歸了。

❀ 涙をのむ結果になったものの、みんなの表情はすがすがしかった。

儘管結果令人扼腕，但大夥的表情都很爽快。

身が軽い　①動作輕盈。②沒有行動上的束縛，很自由。

❀ 息子は身が軽く、岩場をぴょんぴょん飛び回っている。

兒子動作輕盈，在岩石堆中來回跳躍著。

✤ 彼は離婚してから、なんだか身が軽くなったという。

據說他自從離婚後就變得無拘無束。

身から出たさび 自作自受、自討苦吃。

✤ 今回の不祥事は、私自身の身から出たさびと言わざるを得ない。

這回的倒楣事得說是我自作自受。

✤ 横領を繰り返した彼が逮捕されたんだから、まさに身から出た錆だよ。

不停盜用公款的他遭到逮捕，真是自作自受呀！

身に余る 好意、好事、負擔等等太過分。

✤ 栄えある賞をいただきまして、身に余る光栄です。

獲得如此榮耀的大獎，真是榮幸之至。

✤ 身に余る大役を仰せつかり、緊張しています。

被交付如此重責大任，緊張得很。

身に覚えがある／身に覚えがない 記得／不記得自己有做過某事。

✤ 誘いを断ったことについては、確かに身に覚えがあった。

我確實拒絕了人家的邀約。

✤ 以前こちらにお世話になっていたそうですが、私には身に覚えがありません。

據說以前我們一直承蒙您照顧，我自己卻絲毫不記得。

✤ こうして監視カメラに写っているんだから、身に覚えがないとは言わせないぞ。

你已經被監視器拍得這麼清楚了，可不許你說不記得！

身に染みる　①深刻感受到。②寒氣襲人。

❀ 自分が病気になって初めて、人の優しさが身に染みた。

自己生病方才感受到別人的溫柔。

❀ 母親になってみて初めて、親の気持ちが身に染みて分かった。

當上了媽媽，才深刻體會到父母親的心情。

身につく／身につける（知識、技術等）學會、掌握。

❀ 読書することで、多くの知識を身につけた。

藉由讀書，我們學會許多知識。

❀ 海外の習慣を身に付けている彼女は、あらゆる要求を難なくこなしていた。

學到國外習慣的她，毫無困難地達到所有要求。

身に着ける　穿、帶在身上。

❀ パーティでは、美しいドレスを身に着けた女性が所狭しと居並んでいた。

派對上，身穿美麗禮服的女性一個挨一個地擠坐成一排。

❀ 花嫁は結婚式で、青い何かを身に着けるといいらしいよ。

聽說新娘在結婚典禮上戴點什麼藍色的東西會帶來好運哦！

身を入れる　努力、拼命地。

❀ 来年は受験なんだから、もうちょっと身を入れて勉強しなさい。

明年要考試了，讀書要更加把勁！

❀ 彼は教授のアドバイスの元、身を入れて研究に取り組んだ。

他在教授的建議底下投身致力於研究。

骨が折れる 比喻非常辛苦、困難、費勁。

❀ 一人で多くのお年寄りを介護するのは骨が折れる仕事だ。

　一個人要看護多位老年人是件吃力的工作。

❀ 柔道の練習は、ずいぶん骨が折れますか？

　練習柔道會很吃力嗎？

骨を惜しむ 不肯賣力。

❀ 地道な研究に骨を惜しむ若者が増えているそうだ。

　不肯賣力於樸實研究的年輕人聽說愈來愈多了。

❀ 優勝を夢見て、彼は骨を惜しむことなく努力を続けた。

　夢想著獲勝，他竭盡全力地持續努力。

骨を折る 盡力、費力氣。

❀ 先生は地域医療の発展に骨を折っている。

　醫生對於地區醫療的發展盡心盡力。

❀ 危機的状況の今、ここはひとつ、あなたに骨を折ってほしいんです。

　面對現在這種危機，我希望你能夠盡心盡力。

🪭 請填入適當語詞

a 涙をのんで	b 骨を折って	c 身に付けさせる
d 血も涙もない	e 身に染みた	

① あなたは長年、私たちの会社でずいぶん＿＿＿＿くれましたね。

② 少しぐらい助けてくれてもいいのに、お姉ちゃんは本当に＿＿＿＿んだから！

③ 登山隊は勢い込んで出発したものの、突然雲行きが怪しくなり、しだいに吹雪になったものだから、＿＿＿＿下山することにした。

④ 「氏より育ち」とあるように、子どもたちにどのような教養を＿＿＿＿かが大切なんじゃないでしょうか。

⑤ 訪れたのは初めてでしたが、台湾の方々の親切さが＿＿＿＿、思い出深い旅となりました。

 氣 🎧75

気がある／気がない　在意、關心、對～有意思。／不在意、不關心、對～沒意思。

❀ 彼女、毎日メールを送ってくるんだけど、僕に気があるのかな。

她每天都傳 mail 給我，是不是對我有意思啊？

❀ その気がないのに気があるそぶりをするのは、やめておいた方がいい。

明明沒那種意思卻又弄得若有似無，最好別這麼做。

❀ 先輩方を差し置いて、私が率先してやろうと言う気はありません。

我無意不徵求前輩意見就率先出擊。

気が置けない　沒有隔閡、無需客套、推心置腹。

❀ 気が置けない仲間同士、今夜は飲み明かそうじゃないか。

無需客套的伙伴們，今晚就讓我們喝到天亮吧！

❀ 気が置けない友だちと語り合う時間を、これからも大切にしたい。

我今後會珍惜和推心置腹的朋友聊天的時間。

気が重い　心情鬱悶、沉重。

❀ 大勢の人の前で英語でプレゼンしなければならないと思うと、気が重い。

一想到得在那麼多人面前用英文作簡報，就心情好沉重。

❀ 周りからの期待が大きい分、気が重いかもしれないが、精一杯やってみることだ。

或許周遭的期待愈大，心情就愈沉重，但要盡力去做哦！

気が利く／気を利かす　機靈、伶俐、周到、識相。

❀ 彼女は若いのによく気が利くね。いつもみんなのことを考えて行動しているよね。

她很年輕，但是卻很機靈。總是配合大家行動。

❀ 周囲は気を利かして、私たちを二人っきりにしてくれた。

周遭的人很識相，讓我倆獨處。

気が気でない　形容擔心而冷靜不下來、焦慮。

❀ 大好きな彼が他の女にとられるんじゃないかと思うと、気が気でない。

一想到心上人就要被其他女生搶走，我就冷靜不下來。

❀ 無事合格したものの、試験の結果が出るまでは、気が気でなかったんじゃないかな。

儘管平安無事及格了，但直到考試的結果出爐前都很焦慮。

気が狂う　發瘋、瘋狂。

❀ 大切な家も工場も津波で流され、彼は気が狂ったかのように泣き叫んでいた。

最重要的家及工廠都被海嘯沖走，他如同發狂般地放聲大哭。

❀ やってもやっても終わらない仕事に、気が狂いそうになった。

對於這做也做不完的工作，真是快瘋了。

気が知れない　不知道對方在想什麼、有什麼樣的打算。

❀ あんな高い車を何台も買う人の気が知れない。

搞不清楚買好幾台昂貴車輛的人心裡在想什麼。

❀ 不当解雇を認めるなど、気がしれない判断を繰り返す会社に留まるつもりは毛頭ない。

那種承認不當解雇，反覆採取讓人摸不著頭緒政策的公司，我一點也不想要待下去。

気が進まない　不高興、沒興趣、不願意。

❀ 気が進まないお見合いだが、上司の紹介だから行かないわけにはいかない。

雖是樁讓人興趣缺缺的相親，但由於是上司介紹的，所以不能不去。

❀ 相手の弱みに付け込むようで、その作戦は何だか気が進まないなぁ。

似乎在利用對方的弱點，這場仗讓人提不起勁來打了。

気が済む　滿意、心安理得。

❀ 彼女にはほんとうに悪いことをした。一言謝らないと気が済まない。

我做了真的對不起她的事，不道個歉實在過意不去。

❀ 何もできないけど、私に話してそれで気が済むのだったら、いつでも聞いてあげるからね。

我雖然什麼都不會，但要是說出來會讓你痛快點，我隨時洗耳恭聽。

気がする　①有心思、有意願。②覺得好像、彷彿、似乎。

❀ これだけ連勝が続くと、しばらく負ける気がしない。

一直這麼連勝下去，短暫時間內似乎不會輸。

❀ さっきチャイムが鳴った気がしたけど、気のせいかしら？

覺得剛剛鈴聲有在響，是我神經過敏嗎？

❀ このまま怪我が回復しないんじゃないかという気がしてならない。

我老覺得傷似乎就這個樣子，好像不會好。

気が小さい／気が大きい　①氣量狹小。②膽小。／胸襟大。　🎧76

❀ 私は気が小さくて、いつも人の顔色ばかり伺ってしまう。

我膽子小，總是看旁人的臉色行事。

❀ あんな強い相手に勝てっこないなんて、そんな気が小さいことを言うなよ。

什麼贏不了那麼強的對手，那種膽小的話可別再說了。

❀ 後輩のどんな言い訳もあっさり許してやるなんて、彼は気が大きいなあ。

不管後生晚輩說什麼理由他都照單全收，他真是大器。

気がつく　察覺、發覺、注意。

❀ 昨夜はぐっすり眠っていて、地震に全然気がつかなかった。

我昨晚睡死了，完全沒有感覺到地震。

❀ 何度か名前を叫ぶと、ようやく気が付いてくれた。

大叫了好幾次名字，（對方）終於察覺到了。

気が強い／気が弱い　形容強勢。／形容懦弱。

❀ 娘は気が強くて、男の子も泣かしてしまう。

我女兒很強勢，連男孩子都惹到哭。

❀ 私は気が弱くて、勧誘やセールスの電話も断れない。

我很懦弱，連邀約及推銷電話都拒絕不了。

気が遠くなる ①神志不清、失去意識。②形容規模、情況等異於平常，無法冷靜地判斷。

❁ 宝くじで1等が当たるのは1000万分の1だなんて、考えただけでも気が遠くなる確率だ。

樂透中頭獎可是1000萬分之一的機率，光想就覺得機率小得離譜。

❁ こんなに広い公園を一人で掃除するなんて、気が遠くなる作業だ。

要我一個人掃這麼大的公園，真是不合常理的工作。

気が長い／気が短い 形容慢吞吞的人、慢性子。／比喻急性子。

❁ 日本人は気が長いのか、誰も文句を言わずに長い行列に並んで待っている。

是因為日本人慢性子嗎？大家都乖乖排長隊，沒人抱怨。

❁ 夫は気が短くて、ちょっとしたことですぐに怒り出す。

我老公性子急，一點事就暴跳如雷。

気が抜ける ①洩氣、無精打采、垂頭喪氣。②飲料等走味。

❁ 既に優勝を決めたせいか、何だか気が抜けた試合になってしまった。

可能是因為已經知道冠軍屬誰了，總覺得這比賽索然無味。

❁ 疲れているのか、声を掛けても気が抜けた返事しか返ってこなかった。

大概是累了吧！出聲叫他，他也只是有氣無力地回答。

❁ この炭酸飲料水は、開封してずいぶん経つので、すっかり気が抜けてしまっている。

這碳酸飲料已開瓶一段時間，氣完全跑掉了。

気が引ける　感覺寒碜、相形見絀、不好意思。

❀ 大勢の観衆を前にして、突然気が引けてしまった。

　在這麼多觀眾前，突然覺得不好意思了起來。

❀ 先輩より先に帰宅するなんて、何となく気が引けます。

　竟然比前輩早回家，總覺得過意不去。

気が向く　心血來潮。

❀ 気が向いたら、またメールしてくださいね。

　心血來潮時，給我個 mail 哦！

❀ 気の向くまま、キャンバスに色を塗り重ねた。

　心血來潮，給校園重新上色。

気が楽　鬆一口氣、高興、心情舒暢。

❀ 離婚して一人の生活は不便も多いが、気が楽だ。

　雖離了婚一個人生活諸多不便，但心情輕鬆。

❀ 「負けてもいいから思いっきりぶつかってこい」という言葉で、気持ちが一気に楽になった。

　就因為「輸了也沒關係，儘管放馬過來」這麼一句話，心情頓時輕鬆不少。

気に入る　看中、喜歡、稱心如意。

❀ とっても素敵なお店だから、君もきっと気に入ると思うな。

　是家非常棒的店，我想你一定也會喜歡。

❀ 心ばかりのプレゼント、気に入っていただけるといいんですが…。

　這禮物聊表心意，如您喜歡將是莫大榮幸。

気にかける　掛心、放心不下。　🎧77

❁ いつも気にかけていただいてありがとうございます。

總是承蒙您掛心，真是萬分感激。

❁ キャプテンは新しく加入したメンバーのことを、いつも気にかけている。

隊長總是擔心著新加入的成員。

気に食わない　看不順眼、看不慣、討厭。

❁ 店員の態度が横柄で気に食わない。

店員的態度傲慢，實在討厭。

❁ 彼の返事のしかたが気に食わなかったのか、二度と話したくない相手だと言った。

不曉得是否因為他的回答不得體，他說不想再理他了。

気に障る　使心裡不痛快、得罪某人。

❁ 彼の気に障るようなことは、言うべきではない。

不該說會讓他心裡不痛快的話。

❁ もし私の発言が気に障ったのであれば、謝ります。

要是我的發言讓您不痛快，我向您道歉。

気にする　介意、把～放在心上。

❁ いつまでもそんな小さいことを気にするな。

別總是把那種小事放在心上。

❁ 試合の後、少し足を気にするそぶりを見せた。

賽後，露出一點在意腳傷的神情。

気になる 在意、掛心。

❀ 隣のクラスの山田君のことが気になっている。

我很在意隔壁班的山田同學。

❀ 優勝決定戦の行方が気になってしかたがない。

十分在意冠軍賽的過程發展。

気のせい 多慮、想太多、有點神經過敏，心理作用的意思。

❀ 気のせいか、最近疲れやすくなったようだ。

是神經過敏嗎？最近變得好容易疲勞。

❀ A：ねえ、女の人の泣き声が聞こえない？

B：え？聞こえないよ。気のせいじゃないの？

A：喂，你有沒有聽到女人的哭泣聲？

B：啥？沒聽到啊！是你神經過敏吧？

気をつける 注意、留神。

❀ 車に気をつけて道路を渡りましょう。

過馬路時，小心車子哦！

❀ 風邪を引かないように、くれぐれも気をつけてください。

請小心別感冒了。

気をつかう 顧慮、考慮、照顧。

❀ 山田監督は映画撮影の間、自身の体調が崩れないように、かなり気を遣っていたようだ。

山田導演在拍電影期間很小心不讓身體垮掉。

❀ 時間通りに到着できるよう、運転手は気を遣って渋滞を避ける道を選んでいた。

司機很周到地避開塞車，選擇別條路好讓我們準時到達。

気を取られる　被吸引而分心。

❀ 運転中、携帯の会話に気を取られて、前の車に追突してしまった。

開車開到一半，被手機裡的對話分了心，追撞到前面那輛車。

❀ テレビに気を取られて、宿題がなかなか進まない。

為電視所分心，功課老是做不完。

気を取り直す　重新振作起精神、恢復情緒。

❀ 今日の試合は負けてしまいましたが、気を取り直して、明日からまた頑張って練習しましょう。

今天的比賽雖然輸了，我們重新振作，從明天起再加油練習吧！

❀ 思わぬ客の訪問でペースを乱されてしまったが、気を取り直して、また仕事に戻ろう。

不速之客的來訪亂了步調，重新整理一下情緒，再度回到工作崗位上吧！

気をよくする　心情、狀況變好而感到滿足、高高興興。

❀ みんなにおだてられ気をよくした上司がおごってくれた。

被大家戴高帽子、心情大好的上司，請大家吃了飯。

❀ 売り上げも順調で、いつもは気難しい店長も、最近は気をよくしている。

銷售也很順利，連總是板著面孔的店長最近也是眉開眼笑的。

179

気を悪くする　得罪、傷感情、生氣。

❀ ご厚意を無にするようで、まことに心苦しい限りではございますが、どうかお気を悪くなさいませんように。

辜負了您的盛情，委實於心不安，敬請您別生氣！

❀ あなたのためを思っての発言でしたが、気を悪くしていたら、ごめんなさい。

我是為了您好才發言，如惹您不悅，請見諒！

気心が知れる　形容對於對方的事情非常了解。

❀ 気心が知れた仲間たちと酒を飲むのはほんとうに楽しい。

和知己朋友們喝酒，真是很開心。

❀ 今日伺うお宅は、気心が知れているから、たびたび子連れてお邪魔しているんです。

今天拜訪的家庭由於很熟了，故常常帶著小孩上門叨擾。

気味が悪い　對對方或某種狀況不了解而感到不安、感受不好。

❀ 深夜墓場を歩くのはなんとも気味が悪い。

深夜走在墳場，真令人毛骨悚然。

❀ 池の方から気味悪い声が聞こえるけど、蛙の鳴き声かな？

從水池那邊傳來怪聲，是青蛙的叫聲嗎？

請填入適當語詞

a 気がしれない	b 気に入っている	c 気を取られて	d 気が楽
e 気が重い	f 気が短い	g 気にかけて	h 気が利く
i 気が気でなかった		j 気のせい	

① 子供が熱を出したと幼稚園から電話があり、仕事中ずっと＿＿＿＿。

② ＿＿＿＿とうまくできず、失敗の原因になるから、焦らずにやってください。

③ 最近買い換えたスマホは、ディスプレイも大きいし、待ち受け画面もかわいいから、すごく＿＿＿＿。

④ どうして彼がそんな行動に出たのか、僕には＿＿＿＿よ。

⑤ ＿＿＿＿かもしれないが、さっきから誰かに後をつけられているような気がする。

⑥ 先にお風呂を沸かしておいてくるとは、なかなか＿＿＿＿ね。

⑦ 明日の試験のことを考えると、まったく＿＿＿＿ったらないよ。

⑧ 学級委員の任期を無事に終え、何だか急に＿＿＿＿になった

⑨ 可愛い猫の写真を撮ろうと張り切っていたが、動き回る子猫に＿＿＿＿、シャッターチャンスを逃してしまった。

⑩ 大家さんはいつも一人暮らす僕のことを＿＿＿＿くれている。

💧🔥 力、汗、脈、筋、神經、皮、肌、毛

力に及ばず　力不從心、無能為力。　🎧78

❀ 新たな顧客獲得に関して、あなたの力には及びません。

開發新客層，這點我幫不上您。

❀ 会社の力に及ばず、自分の努力だけでどこまでやれるか、試してみたい。

雖幫不上公司什麼忙，但我想靠自己的努力試試看能做到哪裡。

力になる　幫助別人，給予對方協助。

❀ 困っている友だちの力になりたい。

我想幫助有困難的朋友。

❀ 被災地支援の力になっていただいたこと、感謝してもしきれません。

您對於災區的鼎力相助，真是感激不盡。

力を入れる　致力、熱衷於某件事情上。

❀ 我が社は環境問題に力を入れております。

敝公司一直致力於環保問題。

❀ 今年は土地活用、農地開発に力を入れて、邁進していく所存です。

今年打算致力於土地活用、農地開發，邁步向前。

力を落とす　既失敗又不幸而感到無力。

❀ 選手たちは予選で敗れて力を落とした。

選手們在初賽就落敗，失去衝勁了。

❀ 一度の失敗で力を落とすことはないよ。

沒必要因一次的失敗而洩氣呀！

力を貸す 幫忙某人。成為助力。

❀ 新事業を立ち上げるにあたって、どうか力を貸してくれないか？

創業之際，您願意出力相助嗎？

❀ 石田さんには今までの義理もあるのですから、力を貸すのは当然です。

和石田先生仍有之前的人情義理在，出力相助乃理所當然。

汗をかく ①流（冷）汗。②（水分）返潮。

❀ 全然わからない問題で、私が指名されるのではないかと冷や汗をかいた。

碰到完全不會的考題，心想會不會剛好叫到我？冷汗直冒。

❀ 室内と外の温度差が激しく、窓ガラスは汗をかいている。

室內外的溫差劇烈，玻璃窗全都反潮。

汗を流す ①洗去身上的汗。②比喻辛勞地工作。

❀ まずは汗を流してから、冷たいビールで一杯といきましょう。

首先洗個澡再來喝杯冰啤酒吧！

❀ 会社の再建のため、ここはひとつ、汗を流してくれないか？

為復興公司，你願意再出點力嗎？

脈がある 表示未來有可能性。

❀ 好きな相手に脈があるのかどうかわからない。

不知道和我喜歡的對象未來是否有發展性。

❀ あの返事の仕方なら、まだ脈がありそうだ。

依照那回應看來，應還有希望。

筋がいい／筋が悪い（技藝等等）素質好。／素質差。

❀ 日本舞踊に関しては、私より妹の方が筋がいい。

提到日本舞，妹妹跳得比我好。

❀ 彼はスポーツ好きだと聞いていたのに、球技に関してはこんなに筋が悪いとは、思ってもみなかった。

明明聽說他很喜歡運動，但球技竟然這麼爛，真是做夢也沒想到。

筋が違う 不合理。

❀ 思い通りに行かなかったからと言って私に八つ当たりするのは、筋が違うんじゃないですか？

說萬事不順就遷怒於我，不是太不合理了嗎？

❀ そんな話を私に持ってこられても、筋が違うので何ともしようがない。

拿那種事來找我，由於不合理，我也愛莫能助。

筋が通る 合理。

❀ そのような言い訳、筋が通っているとは到底思えない。

那種藉口到底說不通。

❀ 家臣ではなく、血縁関係のある甥に家督を譲るのなら、筋が通っている。

把家業繼承人讓給有血緣關係的外甥而非家臣，這很合情理。

神経を使う　小心翼翼、戰戰兢兢、繃緊神經、備戰狀態。

❀ 翻訳の仕事は神経を使うので、とても疲れる。

翻譯這工作得繃緊神經，相當累人。

❀ 手先が器用な女性たちは、この工場で神経を使う細かい作業をこなして
くれている。

手相當靈巧的女性們在這工廠做著需要小心翼翼的精密工作。

神経を尖らせる　神經過敏、神經緊張。

❀ 余震に神経を尖らせていたせいか、住民にはかなりの疲れが見える。

可能因為餘震害得神經緊張，居民看起來相當疲倦。

❀ 大統領は武装勢力の動きにかなりの神経を尖らせているようだ。

總統似乎對於武裝勢力的動向相當敏感。

一皮剥ける　①因為困難、度過試煉更為茁壯。②（因日曬等）剝一層皮。

❀ 兵役から戻った息子は、一皮むけたように立派な顔つきになっていた。

服完兵役回來的兒子脫胎換骨似地英姿挺挺。

❀ 日焼けした肌は、すっかり一皮むけてしまった。

晒黑的肌膚完全脫了一層皮。

肌が合う　合得來。

❀ 同郷の山田君とは肌が合うようで、会話がよく弾む。

和同鄉的山田合得來，談笑風生。

❀ 何を言っても否定的にとらえるあいつとは、どうも肌が合わない。

和不管說什麼都遭到他否定，真是合不來。

肌身離さず　隨身攜帶，不離身。

❀ 祖母からもらったネックレスは、毎日肌身離さず身に付けている。

祖母給的項鍊我每天戴在身上，片刻不離身。

❀ 神社のお守りは、常に肌身離さず手元に置いたあと、一年後に神社へ返すのが適当である。

神社的護身符片刻不離身地擺在身邊，一年後應還給神社較恰當。

肌を脱ぐ　①盡量助一臂之力。②打赤膊。

❀ わがチームを助けると思って、ひと肌脱いでくれませんか。

就當幫助我隊，可以請你助我們一臂之力嗎？

❀ かわいい後輩のためにも、ここはひとつ私が肌を脱いで、交渉の場に出ていくしかない。

也是為了可愛的後生晚輩好，只好暫且助一臂之力，出去交涉。

鳥肌が立つ　起雞皮疙瘩。

❀ 大金を手にできるかと思うと、鳥肌が立つほどぞくぞくしてきた。

一想到可以拿到大把金錢，心情激動到起雞皮疙瘩。

❀ 素晴らしい演奏に感動して、思わず鳥肌がたった。

聽到很棒的演奏，深受感動，不禁起雞皮疙瘩。

毛の生えた　稍微好一點。

❀ 別荘と言っても、田舎の小屋に毛の生えたようなものに過ぎません。

雖說是別墅，但也只不過是比鄉下小屋來得好一點而已。

❀ ワゴン車に毛の生えたような車で、日本一周の旅に出る。

開著只比廂型車來得好一點的車環遊日本。

請填入適當語詞

a 神経を使う	b 神経を尖らせて	c 力になって
d 肌身離さず	e 一皮剥けた	f 脈がある
g 筋が通った	h 毛の生えた	

① 首相は増税法案についての国民の反応に、かなり＿＿＿＿＿
いるようだ。

② 両親に紹介することなく、勝手に二人で婚姻届を出したなんて、＿＿＿＿＿話だとは言えない。

③ 契約は断られたものの、興味を持ってくれてはいるので、まだ＿＿＿＿＿かもしれない。

④ 用心のために、防犯ブザーを＿＿＿＿＿持ち歩いている。

⑤ 「留学して＿＿＿＿＿」と言ってもらえるように、1年間しっかり勉強してきます。

⑥ 宇宙の研究と言っても、星の観察に＿＿＿＿＿程度のものです。

⑦ 中間管理職はいろいろと＿＿＿＿＿立場なんで、けっこう辛いですよ。

⑧ 会社を設立するときは、多くの友人が＿＿＿＿＿くれました。

 手 ⓐ

手が空く 做完工作，空閒下來的樣子。有空。

✻ 手が空いたら、こちらの仕事も手伝ってください。

等到你有空，也請幫忙一下這邊的工作。

✻ それでは、手が空いた方から順に、昼食を摂ってください。

那麼，工作告一段落的人請依序吃個午餐。

手がいっぱい 比喻非常忙碌的樣子。

✻ 今はこの仕事で手がいっぱいで、他のことは考えられない。

現在這工作已經讓我忙不過來了，沒辦法顧及其他的事。

✻ 私も参加したかったんですが、午前中は家事で手がいっぱいでした。

我原本也想參加，但整個上午都忙於做家事。

手がかかる 很麻煩、很費事。

✻ 1歳の子どもの世話に手がかかる。

照顧一歲小孩相當費事。

✻ 資料の数字があっているかどうか確認するだけだから、手がかかる作業だとは言えないよ。

由於只是確認數字資料合不合，故不能說是費時的工作呀！

2-4

四肢

手

手が付く／手が付かない　開始著手、動手。／無法著手。

❀ この地域の開発は、もう別会社の手が付いている。

這地區的開發已由別家公司著手進行。

❀ ここは私がやりますから、君には手が付いていない部分の塗装をお願いします。

這裡我來做，麻煩你去做還沒進行的塗抹部分。

手が込む　比喻很講究（料理、作品等）。

❀ 毎日こんなに手が込んだ料理を作っているんですか。すごいですね。

你每天都做這麼講究的菜啊？好厲害哦！

❀ 職人が丹精を込めて彫りました欄間は、細部にまでこだわっており、手の込んだ仕上がりになっています。

師傅精雕細琢的格窗連細微處都相當要求，是很講究的作品。

手が足りない　比喻人手不足。

❀ 年末は忙しくて手が足りません。他に手伝ってくれる人はいませんか。

歲末年終總是忙到人不夠用。有沒有其他人可以幫忙一下的？

❀ 避難所はボランティアスタッフが一人も集まらず、全く手が足りていない状態です。

避難所裡連一個義工都沒有，人手完全不足。

手が付けられない　無從下手、無計可施。

❀ 津波の被害は思ったより酷く、現場は全く手が付けられない状態でした。

海嘯所帶來的災害比想像中嚴重，現場殘破不堪，完全不知道該從何處著手。

❀ 野犬を捕まえようとしても暴れるばかりで、何度も試したが、もう誰も手が付けられない。

就算要捕捉野狗，牠也不乖乖就範，試了好幾次，任誰都束手無策。

手が届く ①手搆得著。②買得起、力所能及。③快到～年紀。

❀ 危ないですから、小さいお子様の手が届くところには置かないでください。

這很危險，請勿放在小朋友拿得到的地方。

❀ ダイヤモンドは高価だけど、それぐらいの値段なら、私にも手が届くかもしれません。

鑽石雖高貴，但如果是這種價格，或許我也買得起。

手が離せない 形容現況很忙，抽不開身。

❀ ちょっと今手が離せないから、後でこちらから電話をかけますね。

我現有點分不開身，稍後再回電給您。

❀ 玄関のチャイムが鳴ったようですが、今火を使っていますので、手が離せない状態なんです。

玄關的門鈴好像響了，但由於現在正在用火，手空不下來。

手が回らない 比喻繁忙到無法顧得其他的事。

❀ 今忙しくて、他のことには手が回らない。

現在忙得很，沒辦法顧到其他的事。

❀ 論文の資料集めが大変で、執筆までまだ手が回っていないんです。

蒐集論文資料相當累人，要執筆撰寫還早得很。

手に汗を握る　形容對危險、緊張的場面捏一把冷汗、提心吊膽。

❀ 昨日の試合は手に汗を握る熱戦だった。

　　昨天的比賽是場讓人手汗直流的激戰。

❀ 次回作の映画は、手に汗握るアクションシーンが話題になっています。

　　下次的電影中讓人提心吊膽的動作場面，蔚為話題。

手に入れる／手に入る／手に入る　將……弄到手。

❀ ずっと欲しかった時計をついに手に入れた。

　　一直想要的錶終於到手了。

❀ 限定品なので取り寄せ可能かどうかわかりませんが、手に入ったらご連絡します。

　　由於是限量商品，所以還不知道能不能宅配，到貨時再通知您。

手に負えない（問題、人）太難，已經超越自己的能力範圍。

❀ そんな複雑な問題は私の手には負えません。

　　那種複雜的問題已超出我能力範圍以外。

❀ あの客の気難しさは特に有名で、スタッフの誰も手におえないんです。

　　那個客人之難搞可是眾所皆知，店員們無人應付得了。

手にする　已經得到、擁有。

❀ 彼女は宝くじを当てて、巨万の富を手にした。

　　她中了彩券，一夜致富。

❀ 4時間にも及ぶ死闘の末、ついに勝利を手にした。

　　經過長達 4 小時的殊死戰，最後終於獲得勝利。

手につかない　比喩精神無法集中，分心。 🎧80

❀ 大好きな彼女のことが気になって、勉強が手につかない。

　心裡老想著我最愛的女朋友，無法專心唸書。

❀ 審査の結果が出るまで、彼は何も手につかないという様子だった。

　他直到審查結果出爐為止都一副精神無法集中的樣子。

手が出ない　超出自己的能力範圍。

❀ 一つ50万円のバッグなんて、とても手が出ない。

　一個要價50萬日圓的包包！根本買不下去。

❀ 日本語能力試験のN1は、今の僕にはちょっと手が出ないレベルだ。

　日本語能力測驗的N1對現在的我來說程度太高了。

手を打つ　①拍手。②採取措施、設法。③達成協議、成交。④和好。

❀ その問題は早く手を打ったほうがいいでしょう。

　那問題越早設法解決越好吧！

❀ 神社の本殿の前に進んだら、二回礼をした後、二回手を打って、最後に一礼してください。

　走進神社的正殿，行二次禮後，拍手二次，最後再行一次禮。

❀ 利権獲得交渉は1500万円で手を打ったそうだ。

　專利的斡旋，據說雙方同意以1500萬日圓成交。

❀ 契約合意は互いの主張を考慮した上で、この辺で手を打つのはいかがでしょう。

　在考慮雙方的主張後，這合同就這樣簽定，您覺得如何？

手を貸す　幫忙、幫助別人。

❀ 一人では重くて持てません。ちょっと手を貸してもらえませんか。

一個人的話太重拿不動。可以請你幫個忙嗎？

2-4
四肢 ▼ 手

❀ あちらの班は人数が少ないので、できるだけ手を貸してあげてください。

那個班人數少，請盡可能地幫他們一下。

手を借りる　需要別人的幫助而協力完成一些事情。

❀ 他の人の手を借りてでも、明日までにこの資料を仕上げなければなりません。

就算是請別人幫忙也得在明天前做完這份資料。

❀ 最近猫の手も借りたいほど、忙しい。

最近忙得不可開交，連貓的手都想借來用似的。

手を切る　終止關係。

❀ あんな悪い男とは早く手を切ったほうがいい。

最好趕快和那種惡男斷絕關係。

❀ あの会社とは提携関係にあるが、そろそろ手を切るべき時期かもしれない。

雖和那家公司有合作關係，但或許差不多該是中止的時候了。

手を出す　①出手打人。②（對於想要的事物）出手。

❀ いかなる理由があっても、先に手を出したほうが悪い。

不管有什麼原因，先出手就是不對。

❀ ついに生活費が底を尽き、子供の貯金にまで手を出す始末だ。

生活費終於見底，到最後只好動用孩子的存款。

手を尽くす 用盡各種手段、方法。

❀ あらゆる手を尽くしたが、どうしても彼を助けることはできなかった。

我用盡各種辦法，但就是救不了他。

❀ 交渉決裂という最悪の事態を避けるべく、手を尽くして何とか解決策を見いだそう。

為了避免談判破裂這種最不好的事態，想方設法地找出解決之道吧！

手をつける ①碰觸他人的東西。②著手開始某事。

❀ 複雑すぎて、何から手をつけたらいいのかわからない。

太複雜了，都搞不清楚該從哪裡著手。

❀ その社員は会社の金にまで手をつけたようだ。

該社員似乎甚至把腦筋動到公司的錢上。

手を抜く 偷工減料。

❀ ちょっと家事に手を抜いてもいいんじゃないですか。

稍稍偷點懶不做家事有什麼關係嘛？

❀ ごまかしても無駄だ。手を抜いたことが、作品の出来栄えに表れているよ。

打馬虎眼也沒用，偷懶全表現在作品的完成度上。

手を引く 收手不做。

❀ その会社は経営不振のため、食品事業から手を引いた。

那家公司由於經營不善，於是從食品業收手了。

❀ お願いですから何も言わず、この件から手を引いてくれませんか。

算我拜託您，請您什麼都別說，從這件事上收手好嗎？

手を広げる 擴大新的活動、工作範圍及專業領域。

❀ その会社は海外事業にまで手を広げるらしい。

那間公司事業好像擴大到海外了。

❀ 論文のまとまりがないのは、研究対象について手を広げすぎなのが原因じゃないかな。

論文歸納不起來，是因為研究對象太過於廣泛了嗎？

手を焼く 形容想不到辦法，不知該如何是好的樣子。

❀ 息子の反抗期に手を焼いている。

兒子適逢青春期，我真不知該如何是好。

❀ 今どきの新入社員に手を焼いていると聞いたけど、大丈夫？

聽說你正為了新員工而一個頭二個大，還好吧？

手を煩わす 勞煩他人做～。

❀ お客様のお手を煩わすことのないように、気を効かせて自分から動いて行ってください。

為了避免勞駕客人，伶俐點，自己先行動作。

❀ わざわざご送付いただき、先生の手を煩わせて申し訳ありませんでした。

勞煩老師特地送來，真是很抱歉！

手も足も出ない　超越自己的能力範圍，也沒有對策的樣子。

❀ N1 の問題なんて手も足も出ないよ。

　　N1 的考題已超出我能力範圍了呀！

❀ 相手チームの強さに、我々は手も足も出なかった。

　　敵隊太強，我們束手無策。

手数を掛ける／手数が掛かる　特別花費時間及勞力的工作、事情。

❀ この度は、大変お手数をお掛けいたしました。

　　這一次，真的麻煩您了。

❀ 近頃、手数ばかりかかる仕事が続いています。

　　近來總是做一些麻煩費力的工作。

🌤 **請填入適當語詞**

a 手を切った	b 手が足りない	c 手に入った
d 手がかかる	e 手を付けて	f 手につかない
g 手を尽くして	h 手を抜いている	i 手を焼いて
j 手も足も出なかった		

① 野球部員の練習風景を屋上から眺めてみると、誰が＿＿＿＿のかが一目瞭然でわかる。

② 最近、友達のどんどんエスカレートするいたずらに＿＿＿＿いる。

③ これはなかなか＿＿＿仕事だ。一日で終わらせるのは、ちょっと無理じゃないかなぁ。

④ ちょっと引っ越し作業の＿＿＿んだけど、もし暇だったら手伝いに来てくれない？

⑤ 降って湧いたような突然の不幸に、彼女は仕事が何一つ＿＿＿と言った様子だった。

⑥ 検察側の猛反論に、弁護士は＿＿＿ことを悔やんでいた。

⑦ 新鮮な魚が＿＿＿から、刺身にでもしていっしょに食べないか？

⑧ 試験はかなりの難問が多いから、わかる問題から＿＿＿いったほうがいい。

⑨ 昔の悪い仲間とはもう何年も会ってないし、卒業と同時にきっぱりと＿＿＿。

⑩ 警察は、現場から逃走していた20代の男を、＿＿＿ようやく探し出した。

足、脛 🎧81

足が重い／足が軽い （因為不好的事而心情不佳）腳步沉重。／腳步輕快。

❀ また上司に怒られるのかと思うと、会社へ戻る足が重い。

一想到可能又會挨上司罵，回公司的腳步就沉重起來。

❀ 大好きな彼女に会えるかと思うと、駅に向かう足も軽く感じる。

一想到也許可以見到最愛的女朋友，前往車站的腳步便愈來愈輕盈。

足がつく 找到線索。

❀ 逃げた犯人の足はついているので、間もなく確保されるだろう。

已找到脱逃犯人的線索，（犯人）不久就會被抓吧。

❀ インターネット上といえども足がつくので、怪しいウェブサイトにはアクセスしないほうがいい。

即便在網路也依然會留下線索，最好別連結怪怪的網站。

足が棒になる 形容長時間走路、站立，腳很酸很累。

❀ 山道を5時間も歩き続けて、足が棒になってしまった。

連續走了5小時的山路，腳好酸。

❀ 会場では長時間立たされたままで、足が棒になりそうだ。

被迫在會場長時間站立，腿酸死了。

足が向く／足に任せる 不知不覺地走、信步而行。

❀ 山道をさまよい続けた挙句、しだいに明かりが見える方に足が向いていた。

漫無目的地繞著山路繼續走，最後就來到看得到燈火的這邊了。

❀ 今日は行き先を決めず、足に任せて歩いて行こう。

今天不決定要去哪，就信步走走吧！

足を崩す（在和室的用語）輕鬆地坐姿。

❀ どうぞ足を崩して楽にしてくださいね。

敬請輕鬆地坐。

❀ 畳の上では正座をしますが、足を崩さずにしばらくの間我慢できますか？

榻榻米上要跪坐哦，能夠一直保持坐姿忍耐一下嗎？

足を運ぶ（有目的）特別前往。

❀ 今日は遠くまでわざわざ足を運んでいただいて、ありがとうございました。

今日承蒙您特地來到這麼遠的地方，真是萬分感謝。

❀ 顧客のもとへ何度か足を運んで、直接売り込み続けた結果、ついに購入を決めてくれた。

去客戶那裡好幾次了，直接向他兜售後，結果他竟然決定買了。

足を引っ張る　扯後腿。

❀ 彼が足を引っ張ったせいで試合に負けてしまった。

因他扯了後腿，所以輸了比賽。

❀ 一年生の皆さんには少し大変ですが、先輩方の足を引っ張らないように、しっかりついて行ってください。

對於一年級的各位同學來說或許有些吃不消，但請跟好，別拖累學長姐。

揚げ足を取る　吹毛求疵。

❀ あの人はいつも人の揚げ足ばかり取っているから、みんなに嫌われている。

那個人總是吹毛求疵，大家都討厭他。

❀ 頑張って演説している人の揚げ足を取るような、みっともないことはやめておけ。

對努力演講的人雞蛋裡挑骨頭的難看事不要做！

足元から鳥が立つ　事出突然、猛然、忽然。

❀ 幹部職員は足元から鳥が立つかのごとく、次々と辞表を提出した。

幹部們突然一個接一個地提出辭呈。

❀ 講演はまだ終わっていないにもかかわらず、客は足元から鳥が立つように、一斉に帰っていった。

儘管演講還沒結束，客人卻突然一起回家去了。

足元に火がつく　危險臨頭。

❀ 油断していると、足元に火が点くかのような身内の裏切りに合うぞ。

一疏忽，可是會遭到自己人背叛的，就彷彿大禍臨頭。

❀ 隣国で起きた反政府デモだと油断していたが、我が国の足元にも、とうとう火が点きだしたようだ。

以為只是鄰國的反政府示威而不放在心上，結果這把火卻好像也燒到我國來了。

足元の明るいうちに　①趁天還明亮。②趁著事態尚未惡化之際。

❀ 親が心配しているので、今日は足元の明るいうちに帰ろうと思います。

由於我爸媽很擔心，所以今天我還是趁天黑前回家好了。

❀ このまま計画を進めるより、足元の明るいうちに中断したほうがいい。

與其照計劃進行，倒不如趁事態尚未惡化前暫停比較好。

足元にも及ばない 望塵莫及。

❀ 昨日今日始めたばかりの私など、35年の経験をもつ師匠の足元にも及びません。

現在才起步的我，和已有35年經驗的師傅比起來真是望塵莫及。

❀ 諸先輩がたの足元にも及ばない私ではありますが、いつか肩を並べることができるように、頑張ります。

我現在還無法和前輩們相提並論，但我會努力，總有一天和他們並駕齊驅。

足元を見る 抓住別人的弱點、乘人之危。

❀ 試合は途中まではこちらのペースで進んでいたが、後半で足元を見られて逆転負けを喫した。

比賽直到中途都還依自己的步調，但後半就被逮到弱點，遭到逆轉，吃了敗仗。

❀ 実力ではかなわない相手でも、足元をしっかり見て、弱点を見つけることで対等に勝負できるはずだ。

即使是實力懸殊的對手，但應可以靠著掌握弱點而對等地拚輸贏。

浮き足立つ ①失去鎮靜。②準備逃跑。

❀ 連勝をこのまま伸ばしていくために、まずは浮き足立った態度を改めるべきだ。

為了能保持連勝，首先得改掉慌張的態度。

❀ 我が社の幹部たちは、大口契約を取れたことで、相当浮き足立っているらしい。

敝公司的幹部由於簽下大筆合同而慌了手腳。

脚光を浴びる　①嶄露頭角、受到注目。②登台。

✤ あの歌手はデビュー曲がヒットしたことで、一躍脚光を浴びることになった。

　那個歌手出道第一首歌就紅了，馬上嶄露頭角。

✤ iPS細胞の発見に成功した彼は、当時世の脚光を一身に浴びた。

　他成功發現iPS細胞，當時受到全世界注目。

二の足を踏む　猶豫不決。

✤ 長く付き合っている彼女と結婚しようかとも思うが、今後の生活費のことを考えると二の足を踏んでしまう。

　雖然我打算和交往已久的女朋友結婚，但一想到今後的生活費就讓我猶豫不決。

✤ 会議では錚錚たる顔ぶれに二の足を踏むことなく、積極的に思ったことを発言するべきだ。

　開會時不要怕面對眾多傑出的與會人士，該積極地將想法說出來。

すねをかじる　靠父母過生活。

✤ 30歳を過ぎて、まだ親のすねをかじっているのか。

　過了30歲還在當靠爸靠媽族啊？

✤ いいかげん、すねをかじる生活はそろそろやめるべきだろう。

　也該差不多別過這種啃老族的生活了吧！

請填入適當語詞

a 脚光を浴び	b 足元を見られない	c 二の足を踏んで
d 揚げ足を取った	e 足を棒にして	f 足元にも及ばない
g 足を引っ張らない	h すねをかじり	

① 職場で他人の＿＿＿＿り、批判ばかりをする人は、嫌われやすいタイプに当てはめられる。

② 大好きな漫画家の新作が出たと聞いて、＿＿＿＿探し回ったものの、どこの本屋も売り切れだった。

③ クラス対抗サッカー大会でみんなの＿＿＿＿よう、今から練習をしておこう。

④ バンジージャンプに挑もうとしたが、最後の最後で＿＿＿＿しまった。

⑤ 弟は大学を卒業した今でもお小遣いをもらったり、家賃を払ってもらったりと、親の＿＿＿＿続けている。

⑥ どこも契約を取ろうと必死のはずだから、ライバル会社には＿＿＿＿ように、くれぐれも気をつけてください。

⑦ テレビ番組で紹介された彼女の生きざまが＿＿＿＿、書籍にまとめて出版するという話まで持ち上がっている。

⑧ 彼はいくら豪快な速球が自慢だと言えども、まだまだ大リーグ選手の＿＿＿＿レベルです。

 **腕、指、爪** 82

腕一本　憑自己的本事。

❀ 彼は腕一本で有名なレストランの料理長の地位まで上り詰めた。

他憑自己的本事一路爬到著名餐廳的主廚位置。

❀ 50年前に一人で田舎から出てきたのち、腕一本でこの会社をここまで大きくしてきたんです。

從50年前一個人離鄉背井後，便憑自己本事把這家公司壯大至此。

腕がいい　形容技術很好。

❀ あの歯医者は腕がいいので、いつも患者でいっぱいだ。

那位牙醫技術好，總是滿間患者，門庭若市。

❀ 小さな町工場には、腕がいい職人が揃っている。

小工廠裡有眾多技術好的師傅。

腕が鳴る　磨拳擦掌、躍躍欲試。

❀ 明日のマラソン大会のことを思うと、腕が鳴る。

一想到明天的馬拉松大賽就躍躍欲試。

❀ 彼は試合を前にして腕が鳴るのか、今にも飛び出しそうな勢いだ。

他在賽前躍躍欲試的樣子，一副就要一飛衝天的氣勢。

腕に覚えがある　（對本事）有信心。覺得自己有兩下子。

❀ 何をやっても不器用な彼だが、日曜大工に関しては腕に覚えがあるらしい。

笨手笨腳的他，對於週日在家做木工修補房子倒是很有兩把刷子。

❀ テニスはできませんが、バトミントンなら腕に覚えがあります。

網球我是不會啦，但羽球倒是有自信。

腕を上げる 形容技術變好。

❀ 彼女は結婚してから、さらに料理の腕を上げたようだ。

她自從結婚後，做菜手藝似乎更上一層樓了。

❀ 最初は手元がおぼつかない彼だったが、このごろ腕を上げつつある。

剛開始手藝還不怎麼樣，但他最近技術愈來愈好了。

腕を振るう 施展才能。

❀ 先週お宅にお邪魔した際に、友人は自慢の料理の腕を振るってくれた。

上禮拜前往朋友家打擾時，朋友大展手藝作了拿手好菜。

❀ 営業部のリーダーとして、大いに腕を振るってほしい。

我希望你能大展業務部的領導者的身手。

腕を磨く 磨練才能。

❀ 得意のマジックは、また次回お披露目できるときまでに、腕を磨いておくことにします。

我決定要在下一次表演前，再好好磨練最擅長的魔術。

❀ 囲碁が大好きな祖父は、まじめな性格と相まって、常に腕を磨くことに余念がない。

對圍棋愛不釋手的祖父和認真的個性相輔相成，經常不遺餘力地磨練棋藝。

指一本も差させない　不准人碰，干涉。

❀ さすが横綱、対戦相手に指一本差させることなく、押し出しで白星を勝ち取った。

真不愧是橫綱，對方連碰都沒碰到他，就已經被他推出界外，贏得勝利。

❀ 首相は反対勢力に指一本も差させないという心持で、社会保障制度改革に邁進した。

首相秉持著不讓反對勢力有機可乘的想法，持續朝社會保障制度改革邁進。

指を折る／指折り　①扳著手指計算。②名列前茅，屈指可數（優秀）。

❀ あの子は父親が出張から帰ってくる日を、指折り数えていたんですよ。

那個孩子扳著手指計算爸爸還有幾天就要結束出差回家。

❀ 彼は今年入団選手の中でも、指折りの選手です。

他在今年入團的選手中算是名列前茅的優秀選手。

指をくわえる　形容雖然覺得羨慕，但卻做不了什麼，只能看著。

❀ 人の成功を指をくわえて見ているだけではだめだ。

光是羨慕地看著別人的成功，這是不行的。

❀ 指をくわえているだけではなく、来年は自分こそが優勝するんだと、闘争心をあらわにしなければいけない。

別光只是看著，得把明年自己非得獲勝的競爭心拿出來才行。

指を差す　①背後嘲笑。②用手指。

❀ 人に後ろ指を差されるようなまねはするな。

別幹一些會被別人在背後指指點點的事。

❀ あいつはいつも、他人の失敗を見つけては、指を差して笑っている。

那傢伙見到別人的失敗，就老是指指點點嘲笑。

五本の指に入る　名列前五名之內。

❀ あの店は、日本で五本の指に入る有名なレストランだ。

那家店是五根手指頭數得出來的日本著名餐廳。

❀ 我が国の税金の高さは、世界でも五本の指に入るんじゃないかな。

我國的税金之高，大概可以排上世界前五名了吧！

爪が長い　貪婪、貪得無厭。

❀ 爪が長いあいつは、他人の物も自分の所有物にしようと企んでいる。

他很貪婪，別人的東西也企圖占為己有。

❀ 彼の貪欲に学ぼうとする姿は、まさに爪が長いと言わざるを得ない。

他（那種）學習若渴的樣子，可說是貪得無厭了。

爪を研ぐ　①伺機而動。②貓磨爪。

❀ 負けた悔しさはあるけど、また対戦するときまで復讐の爪を研いでおく
ことにしよう。

雖不甘心輸了，但在下次對戰前我要好好磨磨這雙復仇之爪。

❀ 猫は柱で爪を研いでいた。

貓在柱子上磨爪子。

請填入適當語詞

a 腕を上げて	b 五本の指に入る	c 指をくわえて
d 腕が鳴る	e 腕のいい	

① 結婚を控えて、料理教室に通い始めた姉は、最近めきめき＿＿＿＿＿、私たちにおいしい料理を振る舞ってくれる。

② おじいちゃんは、明日ののど自慢大会への出場を控えて、「＿＿＿＿＿なぁ」とつぶやいていた。

③ 彼の撮る写真は、アングルといい題材といい、優秀な作品が多く、非常に＿＿＿＿＿カメラマンです。

④ お金に困り、自慢の愛車を売ることにした。業者が引き取りに来たときは、ただ＿＿＿＿＿見つめるしかなかった。

⑤ 20代の女優の中でも＿＿＿＿＿人と言えば、誰だと思いますか？

 **動作** 🎧 83

言うだけ野暮だ　徒費脣舌、不需要多說。

❀ 何度言っても息子は言うことを聞こうとしないので、言うだけ野暮だよ。

不管說幾次，兒子就是不聽話，說也白說了。

❀ 負けた原因は本人が一番わかっているはずなので、言うだけ野暮というものだ。

當事人自己最明白輸掉的原因，說了也只是徒費脣舌罷了。

言うに及ばず／言うまでもなく　不用說、自不待言、當然。

❀ 私がわいろを受け取っているという記事に関しては言うに及ばず、ただの噂話にすぎません。

有關我收賄的消息當然只是謠言而已。

❀ 敗北の原因が練習不足にあることは、言うまでもありません。

不用說，敗北的原因明顯是因練習不足。

❀ 彼のお父上は、今さら言うまでもなく、Panasonic の創立者である松本幸之助氏です。

不用說，他的父親就是 Panasonic（國際牌）的創始者──松下幸之助。

言わぬが花　不要說比較好、不說為妙。

❀ 茶室のあつらえに関して、亭主自らは言わぬが花です。

有關茶室的訂做，老闆自己三緘其口。

❀ 彼女は人気のある女優ですが、私生活については言わぬが花を実践している。

她雖是人氣女演員，但關於私生活卻是緘口不言。

❀ 死力を出し切って最後の試合を戦った彼だが、引退する本当の理由は言わぬが花と言う場合もある。

他雖拚死打到最後一場比賽，但提到退休的真正原因，有時還是不說為妙。

さばを読む　傳達錯誤的訊息，特別是自己的年齡或身材資料等等。

❀ あの歌手はさばを読んで、実際より３歳若い年齢を公言している。

那位歌手謊報年齡，比實際年紀少報３歲。

❀ 高額課税を恐れて、売上金額はかなりさばを読んでいるという噂だ。

謠傳因為怕被課高額的稅金，故而短報相當多的營業額。

逃げた魚は大きい／逃がした魚は大きい　認為失去的東西才是珍貴的。

❀ 先月うちの会社を辞めた山田君は、自分の実力で大手メーカーの就職を勝ち取ったようだ。逃げた魚は大きいと思う。

上個月才辭職的山田，據說憑自己的實力成功到大製造商工作。真是跑掉一條大魚。

❀ 優勝できるチャンスはあったのに、逃がした魚は大きかったと、後あとまで悔やんでいた。

明明有獲勝的機會卻讓它白白溜走了，懊悔得很。

念を押す 叮嚀、囑咐。

❀ 両親に、明日はパスポートを忘れないように、と念を押した。

父母親一直叮嚀，要我明天別忘了帶護照。

❀ 明日は息子の誕生日だから、できるだけ早く帰ってくるようにと、家内から何度も念を押されている。

老婆叮嚀我好幾次，明天是兒子的生日，要我盡量早點回來。

話が合う 兩人共通點很多，很談得來。

❀ 彼とは初対面から話が合いました。

自從和他第一次見面以來，說話一直很投機。

❀ 野党の幹事長と、復興支援法案の早期成立を目指すという点では話が合った。

在早日通過復興支援法案這點上，和在野黨的黨魁有志一同。

話が飛ぶ （談話）文不對題、離題。

❀ 彼女はすぐに話が飛ぶのでついていけない。

她說話動不動就離題，我跟不上。

❀ それまでは事業拡大についての話し合いだったが、携帯の着信をきっかけに、お互い家族の話題に話が飛んだ。

原本在聊擴大事業版圖的事，此時手機突然響了，話題就一下子轉到各自的家人身上了。

話が弾む 在快樂的氣氛之下，聊得起勁、很開心、很盡興。

❀ 同窓会では学生時代の思い出話に話が弾んだ。

同學會上提到學生時代的回憶，大家聊得很盡興。

211

❀ お見合いの席で、話はあまり弾まなかったらしい。

似乎在相親餐會上聊得不怎麼開心。

話にならない（與要求的有很大的落差）沒什麼好說的。

❀ 10対0で負けるなんて、話にならない。

10比1輸掉比賽，真無話可說。

❀ まだ論文の章立てもできていないだなんて、まったくお話になりません。

竟然連論文的章節都還沒定好，真是不像話。

話の腰を折る 打斷別人說話。

❀ 彼女はよく人の話の腰を折るので、みんなに嫌がられている。

她經常打斷別人說話，大家很討厭她。

❀ お話の腰を折って申し訳ありませんが、今社長が到着したと連絡がありましたので、今すぐ向かいましょう。

打斷您說話真是不好意思，剛剛有人聯絡說社長蒞臨了，我們馬上過去吧！

勝手が違う 指某事物與自己本身已經習慣的方法或理解上有所不同，很難做出對應。

❀ 新しい職場のパソコンは今まで使っていたものと勝手が違って使いにくい。

新職場的電腦和以前用慣的不一樣，用起來不順手。

❀ 先週引っ越してきたこのマンションは、ゴミ出しの方法といい共有部分の使用方法といい、ずいぶん勝手が違うので戸惑うことばかりだ。

我上個禮拜才搬來這公寓，垃圾怎麼丟、公共空間的使用等都跟以前不一樣，真傷腦筋。

泡を食う 大吃一驚、驚慌失措。

❀ 犬が吠えると、泥棒は泡を食って逃げ出した。

狗一吼叫，小偷就驚慌失措地跑掉了。

❀ 容疑者に証拠映像を見せた途端、泡を食ってもうだめだと観念した。

一讓嫌犯看證據影像後，嫌犯便大吃一驚，知道再也瞞不下去了。

時間を食う 浪費許多時間。

❀ 飛行機に乗っている時間は短いが、出国審査と入国審査が意外と時間を食う。

搭機的時間雖短，但出入境審查卻意外地費時。

❀ 作業はすぐに終わると思っていたのに、思いのほか時間を食ってしまいました。

明明覺得工作馬上就會做完，但卻意外地花時間。

道草を食う 去目的地的途中，順道去做別的事情或去別的地方遊蕩，消磨許多時間。

❀ 学校が終わったら、道草を食わずにまっすぐ帰ってきなさい。

學校下課後，別亂跑，馬上給我回家！

❀ こんなに遅い時間まで、どこで道草を食っていたのかしら？

怎麼這麼晚？野到哪兒去啦？

すっぽかしを食う 遭放鴿子。

❀ 約束の時間に行ったが、相手が姿を現さなかった。またすっぽかしを食ったようだ。

按時赴約，對方卻沒出現。好像又被放鴿子了。

❀ あいつにはこれまで、何度もすっぽかしを食う目にあわされた。

到目前為止不知被那個傢伙放過多少次鴿子了。

煽てに乗る　　被人慫恿、被人戴高帽。

❀ 彼女はお世辞を言われると、すぐおだてに乗る。

她一被吹捧，就馬上會受煽惑。

❀ 周りのおだてに乗せられて、生徒会長に立候補する羽目になった。

被旁人拱出來競選學生會長。

食ってかかる　　用激烈的說話方式或態度來表達反對或抗議。

❀ その選手は納得のいかない判定に、審判に食ってかかった。

那位選手對於有疑慮的判決表示激烈抗議。

❀ ここはひとつお互い冷静になって話し合いたいんだから、食ってかかる
ようなまねはやめておけ。

我們彼此冷靜地商量一下，先別針鋒相對。

始末に負えない　　難以解決、處理。

❀ 自分が何でも正しいと思っている人ほど、始末に負えないものはない。

愈是那種自以為是的人就愈難應付。

❀ 両者の対立は更に深まり、私の始末には負えないほどだ。

雙方的對立愈來愈激烈，甚至連我都不知道該怎麼處理。

請填入適當語詞

a 念を押して	b さばを読んで	c 話にならない
d 話が弾んで	e 話が合って	f 泡を食って
g 時間を食う	h すっぽかしを食う	i 言うまでもなく
j 道草を食って		

① 君と初めて会ったとき、松坂先生は24歳だったにもかかわらず、22歳だと＿＿＿＿いたらしい。

② 車に気をつけるように＿＿＿＿、玄関から息子を送り出した。

③ 大企業に勤める友だちに比べて、しがないベンチャー企業の社員である私の給料は、＿＿＿＿ほど少額だ。

④ 台湾人の彼とは、言葉は通じないけど、思いのほか＿＿＿＿、つい長居をしてしまった。

⑤ 同窓会では思い出話に＿＿＿＿、とても楽しかった。

⑥ うちの子は、学校が終わってからどうも＿＿＿＿いるようで、毎日なかなか帰ってこない。

⑦ これはなかなか＿＿＿＿仕事だ。こんなことなら引き受けないほうがよかった。

⑧ 熱波に襲われ、＿＿＿＿収穫は打撃を受けた。

⑨ 突然の大きな余震にみんな＿＿＿＿しまい、デスクの下など安全な場所に身を隠すのに精いっぱいだった。

⑩ 約束など守らずに放っておかれたことを俗に、＿＿＿＿という。

💬 感情、態度 🎧84

意地が悪い　惡作劇、壞心眼。

❀ 同じクラスの由里ちゃんは意地が悪くて、いつも嫌なことばかり言ってくる。

同班的由里同學心眼壞，老是對我說些討人厭的話。

❀ 意地の悪い人の言うことなんか、気にしちゃダメだよ。

壞心眼的人所說的話可千萬別放在心上哦！

意地になる　固執、倔強、意氣用事、賭氣。

❀ みんなに絶対無理だと言われ、意地になって1日でレポートを完成させた。

大家都說絕對不可能，於是我賭氣地在一天內完成報告。

❀ 息子はお腹が空いているにもかかわらず、意地になって部屋から一歩も出てこようとしない。

儘管兒子餓著肚子，但卻賭氣連一步也不肯走出房門。

恨みを買う 招人怨恨、得罪。

❀ 人から恨みを買うようなことをした覚えはありません。

我不記得做過什麼得罪人家的事。

❀ 彼は以前、会社でリストラ対象者の人選にあたっていたので、今でも多くの人の恨みを買っている。

他以前在公司負責裁員名單,現在仍被許多人怨恨。

怖気を震う 非常地恐懼。

❀ 会長の前ではみんな怖気を震ってしまい、意見を言う者は誰一人いなかった。

每個人在會長面前都戒慎恐懼,沒人敢提意見。

❀ 子供たちはお化け屋敷に入る前から、怖気を震ってしまっていた。

孩子們從要進鬼屋前就相當害怕。

恐れをなす 畏懼、震懾。

❀ 彼は恐れをなすことなく、果敢に敵に向かっていった。

他不畏懼地果敢向敵。

❀ 目の前に現れた大きな犬に恐れをなして、一目散に自転車で逃げた。

害怕出現在眼前的大狗,死命地騎腳踏車逃跑。

苦にする 對於某件事情感到擔心、痛苦。心情沉重。

❀ その歌手は、病気を苦にして自殺した。

那位歌手為疾病所苦,於是自殺了。

❀ 人より少し遅いかもしれないが、そんな些細なことを苦にする必要はない。

或許比別人晚了些，但沒必要為了這種細枝末節的事擔心。

癪に障る　　觸怒、動肝火。

❀ あいつは何が癪に触って怒り出すかわからないので、気をつけた方がいい。

不知道那傢伙會發什麼脾氣，最好小心點。

❀ 彼がさっきからずっと黙っているのは、どうも一人だけ知らされていなかったことが癪に障っているからのようだ。

他從剛剛就一直沉默不語，好像是在氣說只有他一個人沒被通知到。

恥も外聞もない　　絲毫不感到丟臉、在意。

❀ 身内の醜態を平気で晒す彼は、恥も外聞もないらしい。

面對家醜外揚依然鎮靜，他似乎絲毫不感到丟臉。

❀ 前の会社での失敗談など、恥も外聞もなく、すべて打ち明けてくれた。

絲毫不覺得丟臉地把在前一家公司的失敗全盤托出了。

恥をかく　　失敗等等的事情被人知道而感到丟臉。

❀ 知ったかぶりをしたせいで、とんだ恥をかいた。

不懂裝懂，丟臉丟到家了。

❀ その件については、党の代表に恥をかかせないよう、彼の秘書が罪を被っている可能性が高い。

關於那件事，他的秘書很有可能擔罪以免讓黨代表臉上無光。

恥をさらす 在許多人面前丟臉、不名譽的事讓別人知道。

❀ 精一杯見栄を張って話していたが、真実がすべてばれてしまい、逆に恥をさらす結果となった。

雖死要面子地說了，但事實已全部曝光，結果反而丟臉。

❀ 以前みんなの前で恥をさらされたことがあって、それが今でもトラウマになっているらしい。

從前在大家面前丟過臉，似乎那至今仍是心靈創傷。

馬鹿にする 輕視或漠視沒有能力或沒有價值的人、物。

❀ また増税なんて、国民をばかにするにもほどがある。

又要加稅，把國民當笨蛋也該有個限度。

❀ あいつらはきっと、弱小チームの僕らを馬鹿にしている。

那些傢伙鐵定看不起我們這弱小隊伍。

馬鹿につける薬はない 糊塗的人無藥可救。

❀ 馬鹿につける薬はなさそうなので、あいつのことはもう放っておこう。

那糊塗鬼看起來已無藥可救，就先別管他了吧！

❀ 私も何度も説得したんだが、これ以上馬鹿につける薬はないよ。

我也說服了好幾次，但再也無藥可救了！

馬鹿にならない／馬鹿にできない 不容輕視、小看。

❀ 彼女の衣装代は年々増大し、ついに馬鹿にならないほどの金額となった。

她的治裝費年年增多，終於膨脹成不容小覷的金額。

❀ 若いからと言って、彼を馬鹿にはできないよ。

雖說他年輕，但決不能輕忽他哦！

馬鹿の一つ覚え　傻瓜般死心眼。

❀ あいつは馬鹿の一つ覚えのように、同じことわざを繰り返し使っている。

那傢伙傻瓜般死心眼，同樣一句諺語反覆用好幾次。

❀ 馬鹿の一つ覚えじゃあるまいし、いいかげんに違う対処法を考えてみたらどうか。

又不是傻瓜般死心眼，也該想想別種對策了吧！

馬鹿を見る　吃虧、上當。

❀ 楽にやり過ごすことばかり考えていると、そのうちきっと、馬鹿を見るぞ。

一旦只想要輕鬆過，將來一定會吃虧的呀！

❀ 君を信用したおかげで、馬鹿を見たよ。

因相信你的緣故，我上當了啊！

欲を言えば　某件事物至今程度已經很好了，但還想要求更多。

❀ 今の生活に不満はないが、欲を言えば、もう少し広い家に住みたい。

對於目前的生活雖沒有不滿，但貪心一點地說，我想住更大一點的房子。

❀ 何事も、欲を言えばきりがない。

凡事都是講到慾望就沒完沒了。

楽あれば苦あり　有樂就有苦。

❀ 人生は楽あれば苦ありだ。

人生苦樂參半。

❀ いいことも悪いことも、そう長くは続かない。楽あれば苦ありとはよく言ったものだ。

不管是好事還是壞事，都不會持續太久。俗語說得好，有苦有樂。

請填入適當語詞

a 恐れをなして	b 癪に障って	c 馬鹿にならない
d 馬鹿を見る	e 恨みを買われる	

① いつまでも暢気に構えていると、最後に＿＿＿ことになるよ。

② あの事故は偶発的なものだったので、私が＿＿＿ような筋合いはない。

③ 車のリース代は、月単位で見ると大したことないが、年間で計算すると、けっこう＿＿＿出費だ。

④ 彼女の言動がいちいち＿＿＿、苛立ちを隠せなくなっている。

⑤ 将軍直々の登場に、民衆は＿＿＿思わずひれ伏した。

2-6 道具、食品

🏷 道具 ⁸⁵

御輿を担ぐ（みこしをかつ）　①抬神轎。②吹捧、給人戴高帽。

❀ 新規契約を取るべく、御輿を担ぐかのように、客をおだて続けた。

　為了要拿到新合約便給客人戴高帽，大肆吹捧。

❀ 社長の御輿を担ぎまくる部長を、みんな白い目で眺めている。

　拚命給社長戴高帽的經理，大家全對他白眼以待。

御輿を据える（みこしをす）　坐著不動、悠閒、從容不迫。

❀ 彼は御輿を据えて、次々と料理を食べ始めた。

　他從從容容地開始吃菜。

❀ 所長はいちばん奥の席で、御輿を据えている。

　所長悠閒地坐在最裡面的座位。

玉の輿に乗る（たまのこしにの）　麻雀變鳳凰。

❀ 玉の輿に乗れるよう、神社で良縁祈願をした。

　在神社祈求良緣，以期能麻雀變鳳凰。

❀ 玉の輿に乗る日を夢見ている彼女は、お見合い相手をじっくり選り好みしている。

　她夢想有朝一日麻雀變鳳凰，仔細挑選著相親對象。

紙一重（かみひとえ）　比喻兩個結果之間只有微小的差距。

❀ 天才と凡人は紙一重の差だ。誰だって、大発明をする可能性がある。

天才與凡人僅一線之隔。任誰都有可能做出大發明。

❀ 私はオリンピックの代表には選ばれなかったが、彼女との実力の差は紙一重だと思っている。

我雖沒能獲選為奧運選手，但我自認和她的實力僅是伯仲之間。

柄にもない（がら）　與身分、性格、能力等等不符合。

❀ あなたがそんな柄にもないロマンティックなことを言うなんて。

你竟然會說出那麼不像你的浪漫的話，真令人意外。

❀ 二人の仲を取り持つなんて、君は柄にもなく、いいことをしたね。

你竟會撮合他們兩個人，算是出乎意料地做了件好事啊！

釘を刺す（くぎ・さ）（怕對方說話不算話）叮囑、警告。

❀ このことは絶対口外しないように、と釘を刺された。

他一直警告我絕對別講出去。

❀ 彼は病み上がりで体調は万全ではないはずだから、無茶をするなと釘を刺しておこう。

他由於大病初癒，身體還沒完全恢復，所以先叮嚀他別胡來吧！

財布の紐が堅い／財布の紐を緩める・財布の紐が緩む（さいふ・ひも・かた／さいふ・ひも・ゆる・さいふ・ひも・ゆる）　不輕易花錢。／花錢寬鬆。

❀ 妻は財布の紐が堅いので、故障した家電製品をなかなか買い換えようとしない。

老婆不輕易花錢，連壞掉的家電都不打算買新的。

❀ バーゲンセールでは買いたいものばかりで、財布の紐を緩めっぱなし
だ。

特賣會上盡是想要的東西，花錢如流水。

財布と相談する　考慮自身的經濟狀況。

❀ まずは財布と相談してから、買うかどうか決めます。

先考慮自己的經濟狀況後，再決定要不要買。

❀ 財布と相談した結果、今回の購入は見送ります。

量入為出後，決定這次不要買。

さじを投げる　半途而廢。

❀ 今まで例のない難病に、ほとんどの医者がさじを投げた。

對於這前所未見的難治的病，幾乎所有醫生都束手無策。

❀ あまりの猛犬ぶりに、愛犬家の彼もさすがにさじを投げたらしい。

由於狗狗太兇，據說連身為愛狗人士的他都束手無策。

棚にあげる　置之不理、佯裝不知。

❀ 自分のことを棚にあげて人のことばっかり言う。

自己的事佯裝不知，盡講別人。

❀ あの人はいつも自分のことは棚に上げて、人の批判ばかりしている。

那個人總是把自己的事擱在一旁，老是批評別人。

火に油を注ぐ　火上加油。

❀ 機嫌の悪い母に今そんな成績を見せたら、火に油を注ぐだけだよ。

若是讓心情欠佳的媽媽看到這種成績，只是火上加油呀！

❀ この番組はただでさえ視聴率が下がっているのに、出演者を減らしたら、ますます火に油を注ぐ結果になるはずです。

這節目收視率已節節下滑，如果再減少幾個演員，只怕會使情況更加惡化。

🪭 **請填入適當語詞**

a さじを投げたい	**b** 棚にあげて	**c** 釘を刺して
d 火に油を注ぐ	**e** 財布と相談して	

① お姉ちゃんこそ、自分のことは＿＿＿＿、僕に宿題しろなんていわないでよ。

② 弟はいくら叱っても一向に机に向かおうとはしない。さすがの僕も、もう＿＿＿＿気持ちだ。

③ 山田君のやり方では、問題が解決するどころか、逆に＿＿＿＿ことになってしまう。

④ 何か欲しいものがあれば、まずは＿＿＿＿、購入するか否かを決めることにしています。

⑤ 部長は新人教育研修の際、彼らに社内情報は迂闊に口外すべきじゃないと、しっかり＿＿＿＿いた。

食品 🎧86

朝飯前（あさめしまえ）　比喻極其簡單。

❀ A：絶対（ぜったい）に大変（たいへん）だとは言（い）わない動物（どうぶつ）は？

　B：それぐらいは朝飯前（あさめしまえ）だ。駱駝（楽（らく）だ）だろう？

　A：絕對不說「大変だ」的動物是什麼？

　B：這種問題太簡單了。是「駱駝（＝楽だ）」吧？

❀ 人（ひと）を使（つか）って多額（たがく）の現金（げんきん）を準備（じゅんび）することぐらい、彼（かれ）にとっては朝飯前（あさめしまえ）のはずだ。

　動員準備大量現金對他來說應是易如反掌。

❀ 参加者全員（さんかしゃぜんいん）の了承（りょうしょう）を取（と）り付（つ）けることぐらい朝飯前（あさめしまえ）ですから、すぐできるでしょう。

　要取得所有與會人士的諒解，這實在很簡單，應該可以馬上辦到吧！

油（あぶら）が切（き）れる　①油用完。②力氣用完。

❀ さっきまで廊下（ろうか）を走（はし）り回（まわ）っていた子（こ）どもたちは、急（きゅう）に油（あぶら）が切（き）れたように静（しず）かになった。

　剛剛還在走廊上跑來跑去的孩子們，突然間好像力氣放盡似地安靜下來。

❀ 朝（あさ）順調（じゅんちょう）に筆（ふで）が動（うご）いていたんだが、油（あぶら）が切（き）れてしまったかのように、執筆（しっぴつ）はぴたりと止（と）まってしまった。

　早上還寫得行雲流水，但似乎文思耗盡，現在連一個字都擠不出來。

油に水／水と油　水火不容。

❀ 彼にそんなことをアドバイスしても、油に水、聞いてくれるわけがない。

即使建議他這麼做，但畢竟水火不容，他不可能會聽的。

❀ あの二人は性格が合わないらしく、水と油の関係だ。

那兩個人似乎個性不合，關係如水火般不容。

油を売る　偷懶、閒聊浪費時間。

❀ 丸子はどこで油を売っていたのだろう。いつもより一時間遅く帰ってきた。

小丸子是在哪偷懶啊？比平常晚一個鐘頭才回來。

❀ あいつはさっさと仕事を片付けるどころか、油を売ってばかりいる。

那傢伙別說是快快做完工作了，都在摸魚。

油を注ぐ　添油加醋、煽動。

❀ さっきやっと怒りをおさめたばかりなんだから、また油を注ぐようなことを言うな。

好不容易剛剛才平息怒火，別再火上加油了！

❀ 誰もが避けていた話題をつい口走り、油を注いでしまう結果となった。

不小心講到人人避談的話題，結果火上加油了。

脂が乗る　①肉肥美。②（男、女）正值幹勁十足。

❀ 現役生活 7 年目のあの力士は、今がいちばん脂が乗っていると語る。

當了第 7 年相撲選手，他說現在的體能正值最佳狀態。

227

❀ 今ちょうど脂が乗ったところなので、休憩はあとでいいよ。

現在狀況正好，稍後再休息好了！

絵にかいた餅　紙上畫餅、紙上談兵。

❀ あの政党が掲げた公約など、絵にかいた餅にすぎない。

那個政黨所發表的政見公約等等，只不過是紙上畫餅。

❀ 今年度の事業目標を示した途端、絵に描いた餅だと皆に笑われた。

才讓大夥看過今年度的事業目標，卻馬上被笑說是紙上畫餅。

ごまをする　拍馬屁。

❀ あの人はいつも上司のごまをすってばかりいる。

那個人總是在拍上司的馬屁。

❀ 女優は衣装が気に入らないと不満を漏らしていたが、必死にごまをすって、何とか機嫌を直してもらった。

女演員口口聲聲抱怨說不喜歡這服裝，所以我拚命地拍她馬屁，好不容易才讓她心情好一點。

味噌もくそも一緒　無法分辨優劣、好壞不分。

❀ 場合によっては条件も異なるのだから、味噌もくそも一緒にして言うな。

場合不同，條件也各異，別混為一談！

❀ 彼に取材を申し込んでも、味噌もくそも一緒の扱いをされるので困る。

向他提出要採訪，但他無法分辨優劣好壞，真傷腦筋。

味噌をつける 失敗、丟臉。

❀ あの人がしゃべったことで、せっかくのいい雰囲気に味噌をつけることになった。

那個人一講話，難得的好氣氛就毀了。

❀ 取締役を更迭されたことは、彼のキャリアに味噌をつける結果となった。

被換掉董事一職，這對他的職業生涯而言無疑是一大污點。

やきもちを焼く 形容吃醋、嫉妒。

❀ すぐやきもちを焼く彼女に困っている。

動不動就吃醋的女友，真是令人傷腦筋。

❀ 先月生まれた息子の世話にかかりきりで、3歳の娘は赤ちゃんにやきもちを焼いていた。

照顧上個月才出生的兒子花掉我大半心力，使得3歲的女兒在吃嬰兒的醋。

請填入適當語詞

a やきもち焼き	b 油を売って	c 味噌をつけて
d ごまをすって	e 朝飯前	

① こんな宿題、＿＿＿＿だと思っていたら、すっかりやるのを忘れてしまい、結局提出前に慌てて友だちのを書き写した。

② 僕の彼女はすごく＿＿＿＿で、他の女の子と話していただけで、すぐ怒っちゃうんだ。

③ お母さんにいくら＿＿＿＿も、結局お小遣いはもらえなかった。

④ もういいかげん＿＿＿＿ばかりいないで、さっさと仕事に戻りなさい。

⑤ あの議員は例の賄賂事件で、これまでの経歴に＿＿＿＿しまった。

2-7 自然、動物、植物

🌏 動物、蟲類 ⟨87⟩

馬が合う／性が合う　性情投合、合得來、投緣。

❀ 彼女とは学生のときからなぜか馬が合って、いつも二人で行動してきた。

　　自學生時代以來便和她很投緣，做什麼事都一起行動。

❀ 彼女とは昔から性が合っていて、よく旅行もいっしょに行った。

　　從以前就和她合得來，經常一起旅行。

同じ穴の狢　一丘之貉。

❀ 会社をリストラされた彼は、課長と同じ穴のムジナだ。

　　被公司開除的他跟課長是一丘之貉。

❀ 野党も与党も、やっぱり同じ穴の貉だと思った。

　　不管是在野黨還是執政黨，果然都是一丘之貉。

閑古鳥が鳴く　生意差、寂靜。

❀ 開店当時は長蛇の列ができていたラーメン屋も、近頃は閑古鳥が鳴いているらしい。

　　開幕時大排長龍的拉麵店，最近似乎也是生意冷清。

❀ 表の商店街とは違い、裏通りの店はどこも閑古鳥が鳴いている。

　　與前面的商店街不同，巷子裡的每一家店生意都很冷清。

猫をかぶる　形容虛偽、偽善、表裡不一的人。

❀ 彼女は男性の前ではいつも猫をかぶっている。

那個女的總是在男性面前裝一副溫柔的樣子。

❀ うちの子どもたちは、お客さんが来ると、猫をかぶったようにおとなしくなる。

我家孩子，客人一來就裝一副溫柔乖巧的樣子。

猫の手も借りたい　形容人手不足非常忙碌。

❀ 最近は忙しくて、猫の手も借りたいほどだ。

最近忙得不可開交，連貓的手都想借來用似的。

❀ 実家は年末の大掃除で、猫の手も借りたいそうだ。

聽說老家年末大掃除，忙得連貓的手都想借來用。

羽を伸ばす　無拘無束、毫無顧忌。

❀ 妻が実家に帰っている間、ゆっくり羽を伸ばそう。

老婆回娘家這段期間，可以無拘無束了。

❀ 次の３連休は温泉にでも浸かって、羽を伸ばしたい。

下一次的三天連假，我想去無拘無束地泡個溫泉。

豚に真珠　對牛彈琴、投珠與豬。

❀ 娘はまだ１歳にもかかわらず、祖父母にグランドピアノを買ってもらって、まさに豚に真珠ね。

僅管女兒才一歲，爺爺奶奶就買了平台演奏鋼琴給她，真是投珠與豬。

❀ こんな高価な茶道具セット、私には豚に真珠です。

這麼高價的茶具組，對我來說真是投珠與豬。

虫がいい／虫のいい　只考慮到自己、自私自利、很會盤算。

❀ 好きなものを食べて痩せたいなんて、そんな虫がいい話があるわけない。

想吃自己愛吃的東西來減肥，不會有這種如意算盤的。

❀ どうせ行っても楽しめないから行かないなんて、虫のいい考え方だね。

反正去了也是不好玩，所以就不去。這真是太會打算盤呢！

虫が好かない　不知道為什麼，但就是總覺得討厭。

❀ 会社には虫が好かない同僚が一人や二人いるものだ。

公司裡總有一兩個合不來的同事。

❀ 親父は息子のやり方について、どうやら虫が好かないらしい。

父親對兒子的做法似乎是不滿意的樣子。

虫の居所が悪い　為了一些小事心情不佳。

❀ 母は朝から虫の居所が悪いらしく、ずっと怒鳴っている。

媽媽一早就為一點小事心情不好，一直發飆。

❀ 虫の居所が悪い彼の近くには、しばらく寄らないのが賢明だ。

聰明一點的話就暫時不要靠近他，他正為一點小事心情不好。

請填入適當語詞

a 虫が好かない	b 猫をかぶって	c 猫の手も借りたい
d 馬が合う	e 羽を伸ばして	

① 花屋にとって、春の卒業シーズンと母の日の前後は多忙を極める時期で、＿＿＿＿ほどなんです。

② 実は彼、かなりの陰謀家で、これまでずっと＿＿＿＿、皆をだましていたらしい。

③ 性格はまるで正反対なのに、なぜだか＿＿＿＿よね、私たち。会社は別々になってしまうけど、これからもいっしょに飲みに行こう。

④ 新入社員のＹさんは妙に愛想を振りまいている気がして、私はどうも＿＿＿＿。

⑤ 試験勉強から解放された息子は、久々に家でのんびり＿＿＿＿いる。

234

 自然 🎧 88

上の空（うわ・そら） 形容一個人對他人所說的話心不在焉。

❀ 彼は心配事があるのか、授業中も上の空だ。

他是在擔心什麼嗎？上課時心不在焉。

❀ 高橋さん、打ち合わせしているときも何だかずっと上の空だけど、何か心配事でもあるのかな。

高橋在洽談時一直心不在焉，不知是否在擔心些什麼事。

波に乗る（なみ・の） 跟隨時代的潮流。

❀ その会社は時代の波に乗って急成長をとげた。

那家公司跟上時代潮流，高速成長。

❀ みんなはこぞって海外進出していったが、ぼくはうまくその波に乗り切れなかった。

大家全部都到海外發展，我沒能搭上這波潮流。

氷山の一角（ひょうざん・いっかく） 隱瞞事件大部分實情，只將一部分明朗化、公開化。冰山一角。

❀ 今回の摘発は氷山の一角に過ぎない。

這次的舉發只是冰山一角。

❀ 汚職事件では人事部長が逮捕されるに至ったが、これは氷山の一角だという噂で、実際は数人の取締役員もかかわっているらしいだ。

貪污事件導致人事經理被捕，但是謠傳這只是冰山一角，實際上還有多名董事牽連在內的樣子。

水を差す　掃興。

❀ みなさん盛り上がっているところ、水を差すようで申し訳ないのですが、どうやらその計画は中止になるようですよ。

大家談得這麼興奮的時候，潑大家冷水真的不好意思，但是那計劃似乎要中止哦！

❀ 彼女は今回の議題に不満があるのか、話し合いでは水を差すような発言が多い。

不知是不是她對這次的議題不滿，在會談中有許多潑冷水的發言。

地が出る　意指表現出平常不會表現出來的個性、特徵、另一面等等。

❀ 彼女は今はお金持ちのお嬢様のようにふるまっているが、そのうちどうせ地が出るよ。

她現在裝得一副有錢人家大小姐的樣子，反正不久就會露出另一面了。

❀ 大金を目の前にして、あいつはついに地が出てしまったようだ。

大筆金錢就擺在眼前，那傢伙終於露出本性了。

請填入適當語詞

a 氷山の一角	b 水を差さない	c 地が出て
d 上の空	e 波に乗って	

1　彼とは結婚を前提に付き合っていますから、余計な＿＿＿でください。

2　近頃頻発に摘発されている収賄事件、これらは全体から見れば、まだほんの＿＿＿に過ぎない。

3　冬休みの計画で頭がいっぱいだった僕は、終業式の校長先生の話など＿＿＿だった。

4　空腹のあまり料理を一気に平らげ、思わず食いしん坊の＿＿＿しまった。

5　高度経済成長期の日本は、景気の＿＿＿すべての産業が著しく発展した。

空間、時間、狀態

位置、空間、時間 🎧89

あと（後）にする 離開。

✤ 18歳のとき故郷を後にして、東京へやってきた。

自18歲離開故鄉後便來到東京。

✤ 彼は名残を惜しみながら、会場を後にした。

他戀戀不捨地離開會場。

後の祭り 放馬後炮、事後諸葛。

✤ やってきたことを今更後悔しても後の祭りだ。

事到如今再後悔做過的事，也為時已晚。

✤ あの時株を売り払っておけばなんて、今ごろ悔やんでも後の祭りだよ。

那時要是全賣了股票就好了，現在後悔也只是事後諸葛。

角が立つ 形容說話直接，給予對方不愉快的感覺。讓人生氣。

✤ そんな言い方をしたら角が立つよ。

那麼說話，可是會讓人生氣的哦！

✤ 相手にもプライドがあるだろうから、くれぐれも角が立たないように話してみてください。

對方也是有自尊心的，說話時請千萬不要引起對方的不快。

底_{そこ}をつく 儲藏的東西沒了、見底。

❀ 今_{いま}まで少_{すこ}しずつ食_たべてきた米_{こめ}もついに底_{そこ}をついた。

一點一點吃的米也終於見底了。

❀ これらの人気_{にんき}商品_{しょうひん}は底_{そこ}をついてからでは遅_{おそ}いので、今_{いま}のうちに追加発注_{ついかはっちゅう}
しておこう。

這些人氣商品要是賣到見底就太慢了，今天就先加訂吧！

そっぽを向_むく ①往旁邊看，比喻忽視、忽略。②比喻採取不協調、不服從
的態度。

❀ あの大企業_{だいきぎょう}は業績_{ぎょうせき}の悪化_{あっか}と数々_{かずかず}のトラブルが続_{つづ}いている。投資家_{とうしか}たちが
そっぽを向_むくのも当然_{とうぜん}だ。

那間大公司業績持續惡化，問題也是不斷。當然不會獲得投資者們的關愛眼神。

❀ 高飛車_{たかびしゃ}な態度_{たいど}をつらぬいていた店だが、しだいに客足_{きゃくあし}は減_へり、ついにそ
っぽを向_むかれるようになってしまった。

那家店一直以來態度蠻橫，慢慢地客人減少，後來終於客人看也不看一眼了。

横_{よこ}になる（床、地板）躺下來休息、睡覺。

❀ 疲_{つか}れたので、ちょっと横_{よこ}になります。

累了，稍微躺一下。

❀ 風邪気味_{かぜぎみ}で熱_{ねつ}もあるそうですね。ソファーで少_{すこ}し横_{よこ}になってきたらどう
ですか？

你好像有點感冒發燒，要不要在沙發上躺一下？

上には上がある　一山還有一山高。人外有人，天外有天。

❀ 社長はかなりのお金持ちだが、世の中上には上があるもので、テレビで紹介していた人は、家の中に遊園地があるらしい。

老闆雖是有錢人，但是天外有天。電視上介紹的那個人聽說家裡就有座遊樂園。

❀ こんなに素晴らしい半導体技術は見たことがない。上には上があるというものだ。

沒看過這麼優秀的半導體技術。真是一山還有一山高啊！

先が見える　①預料將來的事情。②對未來已經看到盡頭的樣子，多形容悲觀的預料。

❀ サラリーマンの給料なんて、どうせ先が見えている。

上班族的薪水不過就是如此。

❀ 投資していたA社における今後の戦略は先が見えたに等しいので、それ以上はやめておこう。

投資的A公司今後的發展策略，可說是前景不看好。到此為止我不再投資下去了。

先を越す　①超越對方、領先對方。②先發制人。

❀ 新薬の開発で、ライバル会社に先を越されてしまった。

在開發新藥方面，已被敵對公司超越了。

❀ 石油採掘事業において、他国に先を越されまいと必死の競争が激化している。

在石油開採事業上，為了不讓他國超前，殊死競爭激烈。

先を読む　事先預測、思考。

❀ 新製品の開発には、時代の先を読むことが必要だ。

要開發新產品,洞燭機先是有所必要的。

❀ 君には先輩方に遠慮することなく、自ら先を読み、率先して行動してほしい。

希望你不要顧慮前輩,要自行判斷率先行動。

右へ倣え　①排橫隊時的口令,向右看齊。②比喻模仿別人,有批判的意味。

❀ 会社には右へ倣えの人が多くて、自分の意見を積極的に言おうとはしない。

公司裡頭有很多人愛模仿別人,並不積極表達自己的意見。

❀ A国の核開発疑惑について、各国は右へ倣えとばかりに、アメリカと同じような対応をとった。

針對A國核子開發疑慮,各國淨是模仿美國採取相同的策略。

隅に置けない　不可輕視、不能小看。

❀ こんなかわいい彼女がいたなんて、中島君も隅に置けないねえ。

竟然有這麼可愛的女友,真是不能小看中島同學呢!

❀ 小柄ながら瞬発力のある彼は、決して隅に置けない、注目の選手だ。

他雖然個子小但是擁有瞬間爆發力,是個令人注目的選手,決對不可以小看。

時間の問題　時間的問題、早晚都會發生的事。

❀ カメラにこれだけはっきり顔が映っているなら、犯人逮捕も時間の問題だろう。

241

若攝影機裡的臉部如此清晰，要逮到犯人也只是時間上的問題吧！

❀ 国境紛争終結は時間の問題だと言われていたにもかかわらず、まだ続いているようです。

僅管一般認為國界紛爭的結束是時間問題，但是紛爭卻仍然持續著。

時間を割く　從百忙之中抽空做某件事情。

❀ 本日は貴重なお時間を割いていただき、ありがとうございます。

今日承蒙您撥冗，誠摯地感謝。

❀ 契約内容に納得してもらえるよう、相当の時間を割いて、顧客一人ひとりに説明してきた。

為了讓顧客接受契約內容，花下相當多的時間去向每一位顧客說明。

埒が明かない　事情沒有進展、沒有得到解決。

❀ あなたに説明していてもらちが明かないから、責任者を呼んできてください。

對你說明也無法解決問題，請叫負責人過來。

❀ 壊れたパソコンを自分で直そうと試みてみたが埒が明かないので、修理業者にお願いした。

試著要自行將壞了的電腦修好，但是沒有進展，所以就請修理業者來修。

🪭 請填入適當語詞

a 角が立たない	b 底をついた	c 横になった
d 後の祭り	e 後にする	

① 体の調子があまりすぐれないのでしたら、無理をせず、家に帰って少し＿＿＿＿ほうがいいんじゃない？

② 会社の運転資金が＿＿＿＿ので、援助してくれるところを探して、一日中歩き回っていた。

③ ツーストライクからの甘いボールを見逃さず、思いきりバットを振ったが結果は三振。バットを叩きつけて悔しがったものの、＿＿＿＿だった。

④ 後に別の仕事が控えているからと、挨拶も早々に済ませて、素早く現場を＿＿＿＿。

⑤ 上司の提案を、＿＿＿＿ようにお断りする方法があれば、おしえてほしい。

狀態 🎧 90

穴があったら入りたい 太過害羞或丟臉，想找個地洞鑽進去。

❀ こんなにたくさんの人の前で失敗するなんて、穴があったら入りたい気分だ。

竟然在這麼多人面前出包，如果有地洞，真想一頭鑽進去。

❀ 自分の甘さを目の前で指摘されてしまい、穴があったら入りたいほど恥ずかしかった。

在眾人面前被指出自己的天真，真是丟臉得想找洞鑽進去。

痛くもかゆくもない 不管發生什麼事情都不痛不癢、不受影響。

❀ 誰にどんなに批判されようとも、私は痛くもかゆくもない。

不管受到誰的任何批評，我都不痛不癢。

❀ あなたに先を越されても、私は痛くもかゆくもありませんので、どうぞお構いなく。

就算是被你超越，對我來說也是不痛不癢的，就請您自便吧！

影も形もない 今非昔比，形容變化很大。

❀ 久々に故郷に帰ってみると、昔ののどかだった村の様子など、影も形もなかった。

睽違已久地回到故鄉，以往的恬靜村貌已不復見。

❀ 土砂崩れが発生した現場を訪れると、家や畑は影も形もなく、風景は一変していた。

探訪土石坍方現場，景色已經大變，看不見房屋田園的影子了。

大は小を兼ねる　大的能代替小的（使用）、大能兼小。

❀ 大は小を兼ねるというし、大きいほうのスーツケースを買おう。

人家說大可兼小，那麼買大的行李箱好了！

❀ 大は小を兼ねているという発想で、規則よりも法律の制定を優先しましょう。

以大的可以兼小的概念來說，與其立規則不如優先來進行法律制定吧！

調子がいい　①（事情、身體）狀況佳。②（因有求於別人而）說一些討好對方的話。

❀ 今日は体の調子がいいから外出してみよう。

今天身體狀況不錯，出去走走好了。

❀ いつもそんな調子がいいことばっかり言っていたら、そのうち誰にも信用されなくなるよ。

老是講一些好聽話，總有一天誰都不會信任你的囉！

❀ あいつは上司に対していつも調子がいいが、腹の底では何を考えているのやら。

那傢伙老是對上司說些好話，肚子裡不知在打什麼主意呢？

調子に乗る　①得寸進尺。②工作進行順利。

❀ 彼はほめられるとすぐ調子に乗って失敗する。

他一被誇獎就馬上得意忘形因而失敗。

❀ ただでご飯が食べられるからと言って、いつも上司のお酒に付き合っているようだけど、あまり調子に乗りすぎると体を壊すことになるよ。

雖說是吃飯不用錢，但是老是要陪上司喝酒，太過分的話會搞壞身體的呀。

調子を合わせる　附和別人說的話或者配合別人的行動，沒有自己的主見。

❀ よく知らない話だったが、適当に相手に調子を合わせておいた。

搞不太清楚狀況，先隨隨便便地附和對方。

❀ 彼女に逆らうと後で面倒なので、うまく調子を合わせて、その場をやり過ごすことにした。

違逆她的話之後就麻煩了，所以決定配合她，蒙混過去那個場面。

❀ 何を言われても反論などせず、調子を合わせて聞いていればいいからね。

不管被說些什麼你都不要反駁，只要乖乖配合地聽著就好。

突拍子もない　越出常軌、異常、突如其來的。

❀「外国に住もう」なんて、また父が突拍子もないことを言い出した。

老爸又突如其來的說什麼「我們去國外住吧！」

❀ ある人の突拍子もないアイデアが、世紀の大発明に繋がるというものだ。

他突如其來的點子，成為世紀大發明的引子。

熱が冷める　失去熱忱，沒有興趣。

❀ 娘はもうアイドル歌手への熱が冷めたようで、最近はテレビに出ていてもあまり見ていない。

女兒似乎對偶像的熱度退燒，近來即使偶像上電視也不太看。

❀ 以前は日本語の勉強に夢中になっていたのに、今ではすっかりその熱が冷めてしまった。

以前非常熱中於學日文，現在完全冷卻下來了。

早い者勝ち　捷足先登。

❁ 先着 50 組限定のプラン、早い者勝ちですよ。

　専案限定 50 組，先訂先贏哦！

❁ こちらの商品は早い者勝ちですから、お求めになるかたはお急ぎください。

　這邊的商品是先下手就賺到，有需要的人請趕快來喔！

🌸 **請填入適當語詞**

a 影も形もなく	b 痛くもかゆくもない	c 調子に乗って
d 熱が冷めて	e 調子がいい	

① 山田君はあんなにゲームに夢中だったのに、就職してからと言うものの、すっかり＿＿＿＿＿しまったらしい。

② 勝ったのは私なんだから、負けた相手に何を言われても＿＿＿＿＿よ。

③ あのピッチャーは＿＿＿＿＿ときと悪いときの差が激しい。

④ 現在、お城の跡は＿＿＿＿＿、ただ石碑がポツンとあるだけだ。

⑤ お酒の席でつい＿＿＿＿＿しゃべりすぎてしまい、機密情報が漏れる結果となった。

2-9 生活、概念

🏯 生活 91

絵になる　形容（人、物、景）如一幅畫般美麗。

❀ あの美男美女は、二人で歩いているだけで絵になるね。

　那兩位俊男美女，光是走在一起就如詩如畫。

❀ 車窓からは海に沈む夕焼けが望め、まさに絵になる美しさだ。

　從車窗可望見西沉到海面上的夕陽，美得有如一幅畫。

元も子もない　賠了夫人又折兵。

❀ 無理して働いて病気になったら、元も子もないよ。

　勉強自己工作因而生了病，是賠了夫人又折兵哦！

❀ これだけ準備したのに、明日雨が降ったりしたら元も子もない。

　明明已準備成這樣了，明天要下起雨來的話，可是賠了夫人又折兵。

味も素っ気もない　平淡無味、無聊、無趣。

❀ 毎日会社と家を往復するだけの味もそっけもない生活だ。

　每天往返公司與家裡的生活真是乏味。

❀ 彼女の服装は味も素っ気もなく、Ｔシャツにジーンズという出で立ちで現れた。

　她的服裝相當樸素，總是Ｔ袖配件牛仔褲就出現了。

248

世話が焼ける 為了人或物而需要特別花費時間或勞力而感到困擾。

❀ ルームメイトは朝も起こしてあげないといけないし、料理も洗濯も何もできないし、全部私がしてあげないといけない。まったく世話が焼ける。

我每天得叫室友起床,而他也不會作菜洗衣服,全都得我幫他張羅,真是麻煩。

❀ 弟は何でもすぐ俺に頼ってきて、世話が焼けるやつなんだ。

弟弟不管什麼事都靠我,真是惱人的傢伙。

世話を焼く 照顧別人。

❀ 他人の世話ばかり焼いていないで、もう少し自分のことを考えたほうがいいよ。

別老是忙著照顧別人,最好也顧一下自己哦!

❀ 大家のおばあさんは、若い僕らの世話を焼くことが生きがいになっている。

房東阿姨以照顧年輕的我們為生活的重心。

荷が重い 責任很大,超越自己的能力以上而感到負擔。

❀ そんな責任重大な仕事、私にはちょっと荷が重いです。

那種責任重大的工作對我來說是個負擔。

❀ 彼にグループのリーダーは荷が重いんじゃないかと、皆が心配している。

大家都擔心說讓他當團隊領導人會不會是個重擔?

懐が暖かい / 懐が寒い　　有錢。／沒什麼錢。

❀ 今は給料日前で懐が寒いので、飲みに行けない。

現在正是發薪日前，口袋空空所以無法去喝酒。

❀ 家電製品をまとめて購入し、一気に懐が寒くなったような気がした。

購買整套家電，一下子覺得荷包大失血。

❀ 兄はボーナスが入って懐が暖かくなったおかげか、急に気前良くなった。

哥哥拿到獎金荷包賺飽飽，突然間大方起來。

面倒を見る　　照顧。

❀ 一人っ子なので、私一人で年老いた両親の面倒を見なければならない。

因為我是獨生子，所以得一個人照顧年邁的雙親。

❀ 母は、私と妹が面倒を見るという条件で、犬を飼うことを許してくれた。

媽媽以我和妹妹得負責照顧為條件答應讓我們養狗。

🪭 請填入適當語詞

a 世話を焼いて	b 荷が重い	c 懐が寒い
d 元も子もない	e 面倒をみて	

① 私一人で決断するには＿＿＿ので、同僚に相談してみることにした。

② 私がパートに出ている間、祖母が息子の＿＿＿くれている。

③ 彼は勉強会のとりまとめ役として、いつもメンバー一人ひとりに＿＿＿くれる。

④ 相当の設備投資をしたのに売上が伸びないなんて、＿＿＿じゃないか。

⑤ ちょっと＿＿＿ので、食費を節約することにした。

251

 **概念** 92

事によると 或許、搞不好。

❀ 事によると、これはさらに悪い結果につながるかもしれない。

　搞不好這還會導致不好的結果。

❀ 参加者は 50 名を予定していますが、事によると当日さらに増える可能性もあります。

　原本預計報名人數 50 名，但視情況發展，當天也有可能再增加。

図に乗る 神氣活現、趾高氣揚。

❀ ちょっとほめられたからって、図に乗るなよ。

　別被誇一下就趾高氣揚的！

❀ スキーが楽しいのはわかるけど、図に乗ってはしゃぎすぎるから、怪我なんかしちゃうんだよ。

　我知道滑雪很好玩，但開心過了頭可是會受傷的哦！

ピンからキリまで 從開頭到末尾、從最好的到最壞的。

❀ 振袖といってもピンからキリまであるので、よく見て選ばないといけません。

　雖說是長袖和服也有良莠之分，得仔細挑選。

❀ 台湾の烏龍茶は、高級茶から日常的に飲むものまで、ピンからキリまでの種類があります。

　台灣的烏龍茶從高級茶到一般飲用茶全都應有盡有，種類琳瑯滿目。

ピントが外れる　①失去重點、焦點。②離題。

✽ 彼の発言はピントが外れていて、まったく議論にならない。

他的發言失焦離題，完全無法討論。

✽ 君の研究方法だと、ずいぶんピントが外れた結果しか出てこないだろう。

照你的研究方法的話，一定只會出現失焦的結果。

的を射る　抓到問題的重點。

✽ その問題について、的を射た意見が寄せられた。

有關於該問題，湧入了切入要點的意見。

✽ 今の彼女の発言はかなり的を射た質問で、知識レベルの高さがうかがえる。

剛剛她的發言相當切入要點，由此可知她知識水準高。

真に受ける　表示認真、當真的意思。

✽ まさかあんな冗談を真に受けるとは思わなかった。

真沒想到你把那玩笑話當真。

✽ 噂をいちいち真に受けていたら、身が持たないから気にするな。

若把流言一一當真，身體可是吃不消的，別在意！

無にする／無になる　白費（別人的好意）、努力白費。

✽ せっかくのご厚意を無にするようで申し訳ありませんが、お気を悪くなさいませんように。

辜負了您的好意，實在過意不去，敬請您別生氣。

❀ ここであきらめると、努力を無にすることになってしまうだろう。

一旦在這裡放棄，那就等於徒勞無功了。

❀ ついに離婚するに至り、10年に及んだ結婚生活が無になってしまった。

最終還是走上離婚一途，10年的婚姻生活宛如白紙一張。

要領がいい　　有要領、有效率地行事。

❀ 彼女は要領がいいので、他の人よりも早く仕事が処理できる。

她做事有效率，總是早別人一步把事情辦完。

❀ 資料集めは最初時間がかかったが、しだいに要領がよくなってきた。

蒐集資料一開始都會花點時間，但漸漸地會抓到訣竅。

物の弾み　　當時的氣氛、趨勢。

❀ ものの弾みで部長の悪口を言ってしまった。

當時氣氛所致，不小心講了經理的壞話。

❀ 物のはずみで、相手のプライバシーを公にばらしてしまう結果になった。

當時氣氛所致，不小心把對方的隱私公諸於世了。

🪭 請填入適當語詞

a 真に受ける	b 的を射て	c 無になって
d 要領がいい	e 図に乗り	

① あいつの言うことなんて、ただのひがみに過ぎないんだから、
_____とはないよ。

② 鈴木は少しばかり社長に気に入られているからとはいえ、最近_____すぎだ。

③ 言い方は悪いが、彼女の発言は実に_____いると思う。

④ _____とは言えないが、彼女は秘書としてよくやってくれているよ。

⑤ もうあきらめるなんて、これまでの頑張りが_____しまってもいいのか？

Part 3　其他實用表現

あっという間 轉眼間、一瞬間，形容極短的時間。

❀ 楽しい時間はあっという間に過ぎてしまう。

快樂時光一下子就過去了。

❀ 2時間かけて作ったごちそうを、子どもたちはあっという間に食べてしまった。

花2小時作的美食，孩子們瞬間就吃完了。

当てが外れる 意料之外、很失望的樣子。

❀ 今月は貸した金が返ってくると思ってたのに、当てが外れた。

原本認為這個月借出去的錢能收回來，結果真令人失望。

❀ 週末は客が多いと見込んでいたけど、当てが外れて平日の半分以下の客足となった。

原本預料週末客人會很多，但來客數意外地竟不到平日的一半。

後味が悪い 雖然事情莫名地解決了，但自己無法對其結果釋懷。感覺不是滋味。

❀ その映画はなんとも後味が悪く、見終わってからもすっきりしない。

那部電影結局莫名其妙，看完後仍無法釋懷。

❀ 結局その身代金誘拐事件は身内の犯行という、後味が悪い結末となった。

結果那起擄人勒贖案竟是自家人所為，真是讓人不能接受。

いい顔をしない　表示不贊成。

3-1

※ 父は私が男友だちと遊びに行くと言うと、いい顔をしない。

爸爸一聽到我要和男性友人出去玩，就一臉不悅。

※ 定休日にアルバイト先の店舗を使わせてほしいとお願いしたが、店長はあまりいい顔をしなかった。

我向打工地方的店長拜託讓我在公休時使用店裡，但他一臉不悅。

一か八か　不知道是否會順利，試一試、碰碰運氣的意思。

※ 事業がうまくいくかわからないが、とにかく一か八かやってみよう。

不曉得事業會不會順利，總之賭一賭，試試看！

※ 先生にお会いできるかどうか保証はないけれど、一か八か、行ってみるしかないね。

雖不保證能見到老師，但只好碰碰運氣姑且去看看。

いても立ってもいられない　坐立不安的樣子。

※ 大好きな彼が外国から帰ってくると思うと、いても立ってもいられない。

一想到心上人就要回國就坐立難安。

※ 合格発表を明日に控え、彼はいても立ってもいられないという様子だ。

明天就要放榜了，他一副坐立難安的樣子。

嫌というほど　表示程度過甚，或是數量多得非常厭煩的樣子。

※ 色々な国を旅して、貧困に苦しむ人々を嫌というほど見てきた。

周遊各國，看到相當多苦於貧困的人們。

❀ 北海道の新鮮な魚介類を、嫌と言うほど味わってみたい。

想要嚐遍北海道的新鮮魚蝦。

受けがいい／受けが悪い　討人喜歡。／不討人喜歡。

❀ ピンクの服は男性に受けがいい。

粉紅色的衣服很討男性喜歡。

❀ 馬の肉を生で食する馬刺しは、外国人に受けが悪いかもしれない。

生吃馬肉這種吃法或許不受外國人歡迎。

うんともすんとも　不說話、沒有反應的樣子。後接否定用法。

❀ お金を返してほしいと彼には何度も催促のメールをしているが、うんともすんとも言ってこない。

已發了好幾封催他還錢的電子郵件，但他卻一聲不吭，沒有半點回應。

❀ 電話してもメールしても、うんともすんとも返事がないので、直接家を訪ねることにした。

打了電話也發了郵件，但就是沒回應，決定直接去他家拜訪。

大きなお世話　多事。

❀ 近所のおばさんたちに「早く結婚しなさい」と言われるが、大きなお世話だ。

附近的婆婆媽媽一直叫我「快結婚」，真是多管閒事。

❀ 良かれと思って親切を押し付けるのはよくない。大きなお世話、小さな迷惑とはよく言ったものだ。

以為是為人家好就頻頻強迫中獎，這不太好。俗語說得好，那是倒添麻煩的好意。

お節介をやく　對一個人過分關心，照顧過頭。　🎧94

❀ 隣の家のおばさんは、頼んでもいないのに、おせっかいを焼いて見合い
話を持って来る。

我也沒拜託隔壁的大嬸，但她卻多事地上門來說媒。

❀ 彼のために掃除、洗濯、食材の買い物までしてあげるなんて、お節介を
焼きすぎじゃない？

妳竟為了他打掃洗衣還跑腿買菜，妳會不會做太多了啊？

お手上げ　意指投降、無計可施、放棄。

❀ こんな難しい問題、もうお手上げだ。

這種難題，我放棄。

❀ 相手チームはついにエースがマウンドに立った。こうなってはお手上げ
です。

敵隊終於派出王牌站上投手板了，這下子我們該投降了。

思いも寄らない　始料未及、想都沒想到。

❀ 彼女がクラスで一番に結婚するとは思いもよらなかった。

做夢也沒想到她是班上第一個結婚的。

❀ その映画は、ラストシーンに思いもよらない結末が待っていた。

那部電影的最後一幕有讓人意想不到結局。

書き入れ時　忙碌於記帳的時候，比喻生意忙碌的時候。

❀ 年末年始は買い物客が多く、商店街の書き入れ時です。

歲末年初時採買的客人很多，是商店街的旺季。

❀ 民宿の書き入れ時は、やはり夏休みが始まる7月末から8月にかけてです。

民宿的旺季都是暑假開始的7月底到8月。

かちんと来る／カチンと来る　因受刺激而發怒、生氣。

❀ 同僚の失礼な発言にかちんと来た。

對於同事的失禮發言感到惱怒。

❀ 最近彼の一言一言に、カチンと来ることが多い。

最近他的一言一行都讓我看不順眼。

決まりが悪い　因為失敗而覺得很丟臉的樣子。

❀ 先週大喧嘩した田中君と学校で顔を合わせるのは決まりが悪いから、今日は休もうかな。

上個禮拜才和田中同學大吵一架，要和他在學校碰面會很難堪，今天請假好了。

❀ 周囲はみんな打ち解けていたが、私は初めての参加なので、何となく決まりが悪い気がした。

大家全都很融洽，但由於我是第一次參加，總覺得有點難堪。

決めてかかる　對於還不確定的事情擅自做判斷或決定。

❀ 話も聞かないで、「今の若者はみんなだらしない」と決めてかかるのはよくないと思います。

連問都不問，就擅加判斷說「現在的年輕人都很懶散」，我認為這樣不好。

❀ 失礼ですが、部長はどうして最初から決めてかかるような言い方をするのですか？

不好意思，為什麼經理的講法好像一開始就決定好了一樣？

切りがない 無止盡的、持續做著無意義的行為。

❀ いい時計が欲しいが、上を見たら切りがないから、これぐらいのにして
おきましょう。

3-1

想要個好手錶，但慾望如無底深淵，就先拿這種充數好了。

❀ 台所の掃除はやり始めたら切がないので、今日はここまでとします。

只要一開始打掃廚房就沒完沒了，今天就做到這。

食わず嫌い ①挑食。②比喻明明是還沒嘗試過的事物，卻覺得討厭而不去
做。

❀ 納豆は、今まで食わず嫌いで食べずにいたが、食べてみたら意外におい
しかった。

至今都因為挑食而不吃納豆，嘗試吃看看後竟發現好好吃。

❀ いっこうに機械化を認めなかった彼だったが、ただの食わず嫌いに過ぎ
なかったことが判明した。

總算知道一向不認同機械化的他原來只是不想嘗試。

見当をつける／見当がつく 大概預料得到。／可以想像、預料得到。

❀ 初めて来た場所だが、だいたいの見当をつけて歩き出した。

這地方我第一次來，大概預想一下就跨出第一步。

❀ この実験の結果は、概ね見当が付きます。

大概料想得到這實驗的結果。

言葉を濁す　難以啟齒的時候，無法表達清楚，有迴避話題的感覺。🎧⁹⁵

❀ 記者たちから噂の恋人について質問を受けて、その女優は言葉を濁した。

那位女演員被記者問到傳聞中的情人，就言辭閃爍避重就輕。

❀ 首相は野党からの激しい追及に、言葉を濁して何とか切り抜ける作戦に出た。

首相對於在野黨的猛烈炮火支吾其詞，開始打烏賊戰。

察しがつく　就算不直接説明，也可以理解當時的情景或狀態、狀況。

❀ 彼が言うことなんて、聞かなくてもだいたい察しがつく。

他所説的話，就算不聽也猜得到大概。

❀ 社長のご様子を見る限り、今日は早めに終わらせて帰宅するつもりじゃないかと察しがつきます。

只要看老闆的樣子，就知道他打算今天提早結束，然後回家去。

砂をかむような　如同嚼沙子一般枯燥乏味。

❀ 一人の食事は砂をかむような味気ないものだ。

一個人吃飯形同嚼沙一般無趣。

❀ 朝から砂をかむような作業ばかりでつまらない。

早上就一堆無聊的工作，悶死了。

先手を打つ　先發制人。

❀ 長期的な視野を持ち、先手を打つことがビジネスチャンスにつながる。

擁有長遠的眼光，先發制人才能創造商機。

❊ 相手チームは昨日の試合とは打って変わって、今日は先手を打って攻撃を仕掛けてきた。

敵隊和昨天相比宛如脫胎換骨，今天竟先發制人發動攻擊。

玉にきず　比喻很好的人或物有些小缺点，美中不足。

❊ 彼女はきれいでいい人だけど、そそっかしいところが玉にきずだね。

她人好又漂亮，但有點冒失，實是美中不足。

❊ 味もサービスも大満足のレストランだが、予約がなかなか取れないのが玉にきずだ。

這家餐廳的味道、服務都讓人很滿意，但很難訂位這點真是美中不足。

知恵を絞る　拼命地想好的方法或點子。

❊ みんなで知恵を絞って、解決策を考え出した。

大家絞盡腦汁想出對策。

❊ 集客アップを目指して、さらに知恵を絞る必要がある。

以擴大客層為目標，這更需要絞盡腦汁。

ちょっとやそっと　一點點、少許。

❊ 外国語は、ちょっとやそっと勉強したからって、すぐ話せるようになるものではない。

外文並非稍微隨便學一下，就馬上能開口講。

❊ 頑固者で知られる料理長は、調理のコツについて、ちょっとやそっとじゃ教えてくれない。

以頑固聞名的主廚，有關於烹調的訣竅，若只東學一點，西學一點，他是不會教的。

どっちもどっち 半斤八兩、形容雙方程度相同。

❀ 吉田さんと高橋さんはお互い批判し合ってばかりいるが、私から言わせるとどっちもどっちだ。

吉田和高橋光是彼此互批，要我來說，他們倆是半斤八兩。

❀ 工事請負入札を巡って、両者の提示金額はどっちもどっちと言ったところだ。

針對工程承攬競標，雙方所提出的金額可謂半斤八兩。

何が何でも 無論如何。

❀ 何が何でも最後までやり遂げてみせる。

無論如何都要堅持到最後給你看。

❀ 今日こそは、何が何でも契約成立にこぎつけたい。

今天不管怎樣一定要簽下合約。

何かにつけて 無論什麼場合、每當有……契機、動不動就……。

❀ 姑は何かにつけて不満を言うので、気分が悪い。

我婆婆抓到機會就抱怨，真是讓人不舒服。

❀ 友だちの木村は、何かにつけて家にやってきては長居する。

我朋友木村總是抓到機會就來家裡長坐。

何から何まで 全部。　96

❀ 葬儀の際は、何から何まで大変お世話になりました。

葬禮時，承蒙您無微不至的照顧。

❀ あの客は会食の際、場所やメニューはもちろん、食材の産地や座る位置など何から何まで指定してくるので困っている。

3-1

那位客人在聚餐時，別說地點或菜單了，就連食材產地跟座位等全部都要指定，真傷腦筋。

煮え切らない　態度猶豫、曖昧的態度、不乾脆、不確定。

❀ 結婚のことを聞いてもいつも煮え切らない返事をする彼にいらいらする。

問男友結婚的事，他總是回答得不乾不脆，真是急死人了。

❀ 社長はＡ社との業務提携に、何となく煮え切らない様子だ。

老闆對於和Ａ公司的業務合作總是態度曖昧。

二の舞　重蹈覆轍、犯下別人曾犯過的錯或失敗。

❀ 去年の二の舞にならないように、今年は早めに準備を始めよう。

為避免重蹈去年的覆轍，今年提早準備吧！

❀ 試合終盤に逆転を喫してしまい、また前回の二の舞になってしまった。

比賽的最後階段遭到逆轉，又重蹈上一次的覆轍了。

二番煎じ　形容重新處理、模仿、仿造，沒有創意的東西。

❀ あのアイドルグループがヒットしてから、二番煎じのようなグループばかりデビューする。

那個偶像團體自從紅了以後，模仿他們的團體是一團接一團地出道。

❀ 販売企画のアイデアは斬新さが肝心なので、二番煎じに甘んじてばかりいてはいけない。

銷售企劃的點子最重創意，不可以總靠模仿。

音を上げる　忍受不了辛苦或痛苦的事情而叫苦、說洩氣的話。

❀ あまりに辛いトレーニングに、ほとんどの学生が音を上げた。

受不了過於辛苦的訓練，幾乎全部學生都叫苦連天。

❀ 彼は根性がないので、すぐに音を上げて勉強を中断してしまうことが予測されたが、今回は案外続いているようだ。

原本料想他沒有毅力，動不動就叫苦連天不讀書，沒想到這次倒很持續。

ぱっとしない　無法吸引人注意。

❀ あの女優は顔はきれいなんだが、なぜだかいまひとつぱっとしない。

那個女演員雖長得漂亮，但不知何故總無法引人注意。

❀ 新商品の宣伝会議では、いくつかの提示があったものの、どの企画もいまいちぱっとしないものばかりだ。

在新商品宣傳會議上雖有幾個提案，但不管哪個都差了那麼一點點，沒有亮眼的。

人ごとではない　並不是與自己無關的事情。

❀ 企業の大規模リストラのニュースを聞くと、人ごとではないと思う。

聽到企業的大規模裁員，就覺得這並非事不關己。

❀ 隣国の経済不況は、決して人ごとではありません。

鄰國的經濟不景氣絕非事不關己。

一人相撲を取る　唱獨角戲。

❀ 彼女は誰にも求められていないのに、一人相撲を取って頑張りすぎる傾向がある。

誰也不要求她，但是她總是一個人唱獨角戲，有點拚過頭。

社内コンペでは絶対同僚に負けたくないと思っていたが、結局私の一人相撲に過ぎなかった。

想說在公司內部競賽上絕對不要輸給同事，結果只是我一個人唱獨角戲。

3-1

悲鳴を上げる ①吃不消、叫苦連天。②因悲傷、驚訝、恐懼而發出叫聲。

生産が追いつかないほどの売り上げに、関係者はうれしい悲鳴を上げている。

對於供不應求的銷售量，相關人士全都歡喜連天。

マラソンでは、25キロを過ぎたあたりでついに足が悲鳴を上げた。

跑馬拉松時，過了 25 公里處時腳終於吃不消了。

びくともしない 動也不動、屹立不搖的樣子。

3番目の豚は、風が吹いてもびくともしない丈夫なレンガの家を作った。

第 3 隻小豬蓋了一棟連風都吹不走的堅固磚瓦房子。

子供 3 人がかり向かっていったが、力士はびくともしなかった。

三個小孩一起推，相撲選手卻文風不動。

ぴんとくる 察覺到、理解。

（指名手配犯ポスター）この顔にぴんと来たら 110 番。

（通緝犯海報）若認出這張臉，請打 110。

おいしいけど、何か一味足りないと悩んでいたが、子どもの漏らした一言にぴんと来て、果汁を少し足してみることにした。

當時還在煩惱說好吃歸好吃，但總是少了什麼味道，而小孩子隨便講出的一句話卻讓我靈光一閃，遂決定加一點果汁進去。

ふいにする／ふいになる　到目前為止的努力、成果都變得徒勞無功。

❀ 彼の裏切りで、今までの苦労が全てふいになった。

因為他的背叛，至今為止的辛苦全化為泡影。

❀ 私のミスで、みんなの努力をふいにする結果を招いてしまった。

因為我的過失，讓大家的努力全都化為泡影。

太く短く　好像要將人生濃縮一般，全心投入精力及時行樂。是「細く長く」的反義詞。

❀ 人生は太く短く生きたほうが幸せなのではないだろうか。

人生過得短短而有意義，不是比較幸福嗎？

❀ ペットのしつけは太く短くが肝心です。

訓練寵物最重要的是迅速、確實。

踏んだり蹴ったり　受到多重的打擊、禍不單行。

❀ 彼にはふられるし、財布はなくすし、踏んだり蹴ったりだ。

既被男朋友甩了，又丟了錢包，真是禍不單行。

❀ 旅行ではパスポートを盗まれても言葉が通じず、踏んだり蹴ったりの目にあった。

在旅程中被偷了護照而且語言又不通，真是禍不單行。

ブレーキをかける　妨礙、阻擋了某件在進行中的事物。

❀ 増税による買い控えが景気の回復にブレーキをかけることになった。

加稅導致購買力遲鈍，因而阻礙了景氣回升。

❀ 彼の思いつきはしばしば計画の変更を余儀なくさせるせいで、進行にブレーキをかけられている。

他突如其來的想法迫使計劃屢次變更，阻礙了（計劃）進展。

3-1

細く長く 意味著長時間、持續地過著樸實的生活。是「太く短く」的反義詞。

❀ 英語の勉強は趣味ですから、無理をせず細く長く楽しんでいます。

學英文是興趣，不勉強自己而悠哉地享受其中。

❀ 健康のためのダイエットは、細く長く続けることを、まず念頭においてください。

為了健康而減重這件事得靠持續，這念頭請放在腦海裡。

棒に振る 一直以來的努力和苦心經營，結果化為烏有、徒勞無功。

❀ つまらない男と結婚して、人生を棒に振った。

和無趣的男人結婚，整個人生都毀了。

❀ 虚偽の罪を認めて、これまでのキャリアを棒に振るつもりですか？

認了虛構的罪行，你打算毀了你的職業生涯嗎？

見栄を張る 炫耀、賣弄。

❀ 女性の前ではつい見栄を張って何でも知っているふりをしてしまう。

在女性面前炫耀、賣弄，裝得一副全部都懂的樣子。

❀ 会社の資金繰りがうまくいっていないことは周知の事実なんですから、見栄を張るのはもうよしてください。

公司周轉不靈這件事眾所周知，別再死要面子了。

右に出る者がない　無人能比他更好的意思。

❀ ショパンを弾かせたら、彼の右に出るものはない。

他彈的蕭邦，無人能出其右。

❀ 細菌の研究に関しては、彼の右に出る者がないという評判です。

關於細菌研究，他得到最具權威的評價。

水と油　性質不同，無法融合。比喻個性不同，合不來。

❀ 姑と嫁は水と油だから、うまく行くはずがない。

婆媳如同水火，不可能合得來。

❀ あの二人は、学生時代は親友同士だったらしいが、今はまるで水と油の関係だ。

聽說那兩個人學生時代原是好朋友，但現在卻是水火不容。

水の泡　努力幻化成泡影、徒勞無功、化為烏有。

❀ ここであきらめたら、今までの苦労が水の泡だよ。

若在這放棄，至今的辛苦將化為泡影。

❀ 新たな理論が主流になれば、これまで積み上げてきた研究成果が水の泡になってしまう。

只要新理論蔚為主流，那麼至今累積的研究成果將化為泡影。

むきになる　對於小事情或者是無聊的事情反應過大。

❀ そんなつまらないことで、むきになるな。

別為那種芝麻小事反應過度！

❀ 誰もお前が悪いなんて思ってないんだから、そんなにむきになって言わなくてもいいじゃないか。

没有人覺得你不對，所以你沒必要那樣地反應過度、言辭激烈。

3-1

ものを言う 發揮效果。

❀ 本で読んだ知識よりも、やはり最後には経験がものをいう。

與其讀書獲取知識，反倒是最後經驗會說話。

❀ 就職活動では、資格の取得数がものを言うらしいので、私も何か勉強してみようかな。

由於在找工作時，證照數量可是舉足輕重，所以我也來學點什麼好了。

やけを起こす 自暴自棄。

❀ 失恋でやけを起こして、酒を浴びるほど飲んだ。

因失戀而自暴自棄，把酒當水來喝。

❀ 危険な運転をしたのは、受験に失敗してやけを起こしてしまったからだそうだ。

據說之所以會危險開車，是因為沒考上而自暴自棄。

やぶ蛇 做了多餘的事情而招致不好的結果。「やぶをつついて蛇を出す」之略。

❀ 首相の発言はやぶ蛇だったな。逆に反感を買うことになってしまった。

首相的發言真是引蛇出洞，反而招致反感了。

❀ 飲酒運転の取り締まりで指名手配犯を捕まえたことは、思わぬやぶ蛇だった。

取締酒駕時竟逮到了通緝犯，真是無心插柳。

ヤマ場を迎える　到達最高點、高潮的場面。「ヤマ場＝山場」。

❀ 裁判はいよいよ大きな山場を迎えた。

官司終於來到了最高潮。

❀ 一つの山場を迎えた国会は、今日の午後にも法律が可決成立する見通しです。

國會來到一個高潮，今天下午也可望通過法案。

やむを得ず／やむを得ない　沒辦法、不得已。

❀ 大雨のため、運動会はやむを得ず中止となった。

由於下大雨，運動會不得已暫停。

❀ 市は諸事情により公園内へのペットの立ち入りを禁止していたが、市民の反対意見により、やむを得ず許可することにした。

市方基於諸多因素而禁止寵物進入公園內，但由於市民反對，不得已只好開放了。

融通が利く　有彈性、不固執，根據狀況可以給予適當的處理方式。

❀ 取引先の部長は、頑固で融通が利かないので困る。

客戶端的經理又頑固又不圓融，真是傷腦筋。

❀ あそこのレストランのオーナーとは知り合いなので、会食などで利用させてもらう際は比較的融通が利く。

我和那家餐廳的老闆是舊識，聚餐可拿到一些優惠。

行き当たりばったり　漫無計畫。

❀ 予定も立てずに、一人で行き当たりばったりの旅行をしてきた。

連安排都沒有，一個人去了一趟不訂計劃的漫遊旅行。

❋ 行き当たりばったりの計画ではなく、事前にきちんと調査をしてから決めてください。

並非這種無頭蒼蠅般的計劃，請事前好好進行調查再下決定。

3-1

夢が覚める　從夢中醒來，回到現實。

❋ 彼はずっと「ロック歌手になる」と言っていたが、やっと夢が覚めたようで就職活動を始めた。

他一直說要當「搖滾歌手」，不過終於夢醒開始找工作了。

❋ いつか芸能人になるという夢が覚めたのは、彼女と出会ったことがきっかけだった。

從總有一天要當上藝人的夢中醒來，全因為遇上了我女友的關係。

横道にそれる　離題、偏離了原本想說明的目的或意圖。

❋ あの先生は授業中すぐに話が横道にそれるので、どこがポイントなのかわかりにくい。

那位老師上課中動不動就離題，很難搞清楚哪裡是重點。

❋ 彼は横道にそれることなく、音楽家としての道を順調に歩んでいる。

他沒走偏，一路順暢地步上音樂家之路。

読みが深い　①深謀遠慮。②理解得深。

❋ あの政治家は行動が早く、読みが深い。

那位政治家動作快，深謀遠慮。

❋ 解説者の意見は読みが深く、物事の全体像をわかりやすく話してくれる。

解說人員的意見含意深遠，淺顯易懂地敘述整個事情。

弱音を吐く　說洩氣的話、不爭氣的話。　🎧99

❀ 男なら弱音を吐くな。我慢しろ。

是男人的話就別說不爭氣的話。要忍耐！

❀ 途中で弱音を吐かずに、よくここまで頑張りましたね。

沒在中途說不爭氣的話，你一路撐過來了呢！

ラストスパートをかける　最後衝刺，在最後一刻盡了最大的努力。

❀ 試験本番を間近に控え、受験生たちがラストスパートをかけている。

考試迫在眉睫，考生們全都在做最後衝刺。

❀ 残り15分と言う合図とともに、全員は作品の仕上げに向けてラストスパートをかけた。

就在剩下最後15分鐘時，全部的人都為了作品的完成而做最後的衝刺。

理解に苦しむ　令人難以理解。

❀ 最近の若者の言葉遣いは乱れている。我々の世代の人間にとっては理解に苦しむ。

近來的年輕人的用字遣詞亂糟糟，對於我們這世代的人來說真難理解。

❀ 常に自己中心的な彼の行動は、理解に苦しむものがある。

常以自我為中心的他，有時行動叫人難以理解。

笑い事ではない／笑い事ではすまされない　不是可以一笑置之的事情。

❀ 国の代表である大臣がそのような失言をするとは、笑い事ではすまされない大問題である。

身為代表國家的部長卻如此失言，真不是件可一笑置之的大問題。

❀ 台風で屋根が飛ばされたなんて、決して笑い事ではない事態ですよ。

被颱風吹走屋頂，這事態決不是可以一笑置之的。

輪をかける（程度）更加厲害、誇大其詞、變本加厲。

❀ あの息子は父親に輪をかけた変わり者だ。

兒子比父親更加奇怪。

❀ 私もかなり細かいことを気にするタイプですが、弟はさらに輪をかけて几帳面なんです。

我也是那種相當在意小細節的類型，但我弟更加嚴重，相當一絲不苟。

ワンクッション置く 為了緩和衝擊而空出空間、時間。

❀ 取引先の相手とはワンクッション置いて付き合ったほうがいいだろう。

和客戶端之間交往，保持點距離可能比較好。

❀ 予算が削減されたばかりなので、計画中止になった件については、ワンクッション置いてから皆に伝えたほうがいいんじゃないかな。

由於預算剛被刪，而有關計劃暫停這件事，是否先擱一段時間再跟大家說會比較好？

請填入適當語詞

a 右に出るものがない	b 弱音を吐いて	c 棒に振った
d 二の舞	e いても立ってもいられない	
f やむを得ず	g 砂をかむよう	h 玉にきず
i 太く短く	j うんともすんとも	k 一か八か
l 思いも寄らない		

① 強豪チームだからと言って、守るだけでは勝てっこないから、残り5分、ここで＿＿＿＿全員で攻撃を仕掛けよう。

② 君の＿＿＿＿という気持ちはよくわかるけど、今の段階ではここで落ち着いて待つしかない。

③ 使用時間の変更または延長は原則としてできません。＿＿＿＿延長を必要とした場合は延長料金をいただきます。

④ 佐藤監督は「子どもの演技指導では＿＿＿＿」とも評されている

⑤ 長山君は格好良くて頭もいいけど、ちょっと引っ込み思案なところが＿＿＿＿。だけどそういうところがみんなから好かれる理由なのかもね。

⑥ 私たちは誰でも、みじめな気持ちになって＿＿＿＿しまうことがあるものです。

3-1

⑦ 今度は絶対失敗しないと心に誓っていたにもかかわらず、またも＿＿＿を踏んでしまう結果となった。

⑧ 前に暮らしていたお部屋の不動産管理会社から、お部屋のリフォーム代として、＿＿＿額の請求書が届いた。

⑨ 僕は姉のように勤勉でもないし、計画性もない。＿＿＿生きていきたいんだ。

⑩ 俺のパソコンが電源ボタンを押してもホームボタンを押しても、突然＿＿＿言わなくなったんだ。

⑪ 魔が差したセクハラを起こし、一生を＿＿＿という人は少なくない。

⑫ こんな＿＿＿な味気ない話し合いは、いっその事中止にしたほうがいい。

Part 4　附錄

熟語（四字、三字）

一石二鳥 比喩做一件事獲得兩種效果。

❀ フリーマーケットに出店すると、要らないものが処分できるし、お金も
もうかるし、一石二鳥なんですよ。

在跳蚤市場上開店，既能處理掉不必要的東西，又能賺錢，真是一石二鳥。

❀ 夏休み息子を塾に行かせることは、勉強も教えてもらえるし、家でダラ
ダラすることもないので、一石二鳥で助かっています。

讓兒子暑假時去上補習班，既可以學到東西，又可以避免在家晃來晃去，真是一石
二鳥，幫了我大忙。

間一髪 比喩情況非常危急、千鈞一髪。

❀ 彼はトンネル火災に巻き込まれたが、間一髪で助かった。

他雖捲入隧道火災，但千均一髪之際獲救了。

❀ 寝坊で授業に遅刻しそうだったが、間一髪のところで間に合った。

睡懶覺而差點遲到，千鈞一髪之際趕上了。

危機一髪 比喩情況非常危險、危急。

❀ 危うく正面衝突するところだったが、危機一髪で助かった。

差一點就要迎面撞上了，但千鈞一髪之際獲救了。

❀ 大波が来て溺れそうになりつつも、危機一髪のところを救出された。

儘管大浪來時差點溺水，但在千鈞一髪之際得救了。

282

古今東西（ここんとうざい）　古今中外。截至目前為止，最廣泛的時間和空間。

❀ 人（ひと）に親切（しんせつ）にするというのは、古今東西（ここんとうざい）に通（つう）じる道徳（どうとく）である。

待人親切，是古今中外通用的道德。

❀ 渡辺（わたなべ）さんはかなりの読書家（どくしょか）で、古今東西（ここんとうざい）の文学（ぶんがく）に通（つう）じている。

渡邊先生是個讀書人，古今中外的文學樣樣通。

再三再四（さいさんさいし）　一而再，再而三。多次的重複。

❀ 再三再四（さいさんさいし）警告（けいこく）を促（うなが）したが、聞（き）き入（い）れられなかった。

一而再，再而三警告，但不被採納。

❀ 彼（かれ）は再三再四（さいさんさいし）の忠告（ちゅうこく）にもかかわらず、台風（たいふう）の中（なか）、出（で）かけていった。

儘管一而再，再而三地勸他，他還是在颱風中出門去了。

時期尚早（じきしょうそう）　時機尚未成熟、還不是時候。

❀ あの歌手（かしゅ）が海外進出（かいがいしんしゅつ）するにはまだ時期尚早（じきしょうそう）だ。

那位歌手要進軍國外還太早。

❀ 資料（しりょう）も検証（けんしょう）も不足（ふそく）しており、この法案（ほうあん）の国会審議（こっかいしんぎ）については、時期尚早（じきしょうそう）であることが否（いな）めない。

資料、檢驗都不足，這法案要在國會審議上過關還早得很。

試行錯誤（しこうさくご）　從事新的事物時，反覆嘗試以找到解決的方法。

❀ 試行錯誤（しこうさくご）を繰（く）り返（かえ）して、やっと納得（なっとく）のいくものができあがった。

反覆修正錯誤的過程中，我們終於得到令人滿意的結果。

❀ 新薬（しんやく）の開発（かいはつ）は難航（なんこう）していますが、試行錯誤（しこうさくご）しながらも実験（じっけん）を続（つづ）けています。

新藥開發雖窒礙難行，但在且錯且試的過程中繼續地實驗著。

弱肉強食 （じゃくにくきょうしょく）　比喩強者欺凌、吞併弱者。適者生存，不適者淘汰。

❀ 所詮この世は 弱肉強食 だ。強いものが栄え、弱いものが滅びるのだ。

反正這世界就是弱肉強食。強者興，弱者衰。

❀ マラソン界では有力新人の活躍により、ベテラン勢が追い込まれるという、まさに 弱肉強食 の世界を象徴している。

馬拉松界也是長江後浪推前浪，真是象徵著弱肉強食的世界。

自由自在 （じゆうじざい）　不受任何拘束，隨心所欲。安詳悠閒。

❀ 今やパソコンで誰でも自由自在に写真が加工できるようになった。

現在，任誰都可以在電腦上自由自在地加工照片。

❀ 彼女は5か国語を自由自在に操ることができる。

她能隨心所欲地說5種語言。

十人十色 （じゅうにんといろ）　意指每個人都有自己的獨特性和光采。

❀ すき焼きといっても、味付けは十人十色、家庭によって全く違います。

雖說是壽喜燒，但調味可是各有所好，每個家庭都不一樣。

❀ 各航空会社のCAが身に付けているスカーフのあしらい方は、十人十色だ。

各家航空公司空服員的絲巾綁法真是每家不同，各有各的特色。

中途半端 （ちゅうとはんぱ）　比喻做事中途停止，不能堅持到底。

❀ 彼は何事も中途半端で、最後までやり遂げることがない。

他凡事半途而廢，從不堅持到最後。

❀ 今日の会議は時間切れのため、中途半端に終わってしまった。

今天的會議由於時間不夠，所以只開到一半就結束了。

取捨選択 取捨得當。喻捨棄不好、不必要的東西，選取良好、需要的東西。 🎧101

❀ 情報があふれている現代社会においては、正しい情報を取捨選択することが必要だ。

在資訊爆炸的現代社會裡，取捨正確的資訊是相當必要的。

❀ 来年度の予算編成には、本当に必要な経費か否かの取捨選択が肝心だ。

對於明年的預算編列，取捨真正是否為必要經費是很重要的。

絶体絶命 比喻遇到非常艱難的狀況、問題時，毫無解決的辦法。

❀ 機転を利かせて、絶体絶命のピンチを乗り切った。

利用機智跨越窮途末路的危機。

❀ 絶体絶命に追い込まれた中での逆転勝利に、選手たちは涙が止まらなかった。

被逼到絕境後竟然還反敗為勝，選手們全都淚流不止。

二人三脚 形容團隊合作之力。

❀ これからは、夫婦二人三脚で力を合わせて歩んで行きます。

今後，夫婦二人同心協力共度人生。

❀ 今年度から我が部署は、課長と課長代理が並び立つ、二人三脚の体制で新たにスタートを切ることになりました。

從今年度開始，我們部門的課長及代理課長並肩作戰，以團隊合作的體制重新出發。

八方美人　做事很有技巧、各方面都討好，多指社交技巧良好的人，有輕視或批判的涵義。

❀ 彼女は八方美人だから、誰にでもいい顔をして信用できない。

她八面玲瓏，對誰都是一副好臉色，不能相信她。

❀ 新入社員の加藤さんは、その八方美人ぶりがしだいに同僚の反感を買うことになった。

新人加藤的八面玲瓏，漸漸引起同事的反感。

半信半疑　有點相信，也有點懷疑，對於是非真假無法判定。

❀ 私が宝くじに当選したなんて、いまだに半信半疑だ。

說我中了彩券，至今我仍半信半疑。

❀ 営業成績の今月トップに私の名前が張り出されていたことに驚き、私は部長に半信半疑でたずねてみた。

看到自己的名字登上這個月業務成績第一名，我半信半疑地問了一下經理。

三日坊主　比喻做事或學習沒有恆心，三分鐘熱度。

❀ 毎日日記を書こうと思ったが、三日坊主で終わってしまった。

我原本打算每天寫日記，但只有三分鐘熱度。

❀ 夜のジョギングを始めたが、三日坊主にならないようにと、母といっしょに走ることにした。

我開始夜間跑步，但為了避免三天捕魚，二天晒網，我決定和媽媽一起跑。

無我夢中 心思精神完全集中於某事物上。

❀ 津波が襲ってきたときは、無我夢中で逃げた。

海嘯來襲時，全力拼死逃命。

❀ よほどお腹が空いていたのか、子どもたちはおやつを無我夢中で食べ続けた。

看起來肚子相當餓，孩子們拼命地吃著點心。

優柔不断 行事猶豫不決，不能當機立斷。

❀ 私は優柔不断なので、レストランで注文するときもすぐに決められない。

我個性優柔寡斷，連在餐廳點餐都猶豫不決。

❀ 首相の優柔不断さが、今回の国会の混乱を招いたと言われている。

大家都說首相的優柔寡斷導致這次國會的混亂。

臨機応変 根據當時所面臨的狀況能做適當的變通處置。

❀ サービス業では臨機応変な対応が求められます。

服務業極要求隨機應變的待客之道。

❀ 固定観念にとらわれず、臨機応変に判断できることが大切だ。

別先入為主，最重要的是要能夠隨機應變。

雨降って地固まる　雨後地面變硬，比喻糾紛後反而更加平靜、壞事變好事。

✿ 今回の危機的状況を何とか切り抜け、雨降って地固まるという結果となった。

　　總算度過這次的危機，否極泰來。

✿ 彼はチームメートとの確執があるものの、雨降って地固まることもあるので、比較的楽観視している。

　　他儘管和隊友有所爭執，但有時爭吵後感情反而變好，我樂觀以對。

一事が万事　由一件事就能推測一切。以一知萬。

✿ あの人のやることは一事が万事あの調子だ。まったく信用できない。

　　從那個人所做的事就可以推測一切，根本就完全不能相信。

✿ 彼女には何を言っても言い返されるばかりで、一事が万事こんな様子だからみんな呆れている。

　　不管跟她說什麼她都會回嘴，以一推十，凡事如此大家全都傻眼。

鬼に金棒　如虎添翼。

✿ 我々のチームに彼が入ったら鬼に金棒、優勝は間違いない。

　　要是他加入我們隊伍，那就如虎添翼了，勝利指日可待。

開発チームに専門知識を持った人が一人でもいれば、鬼に金棒なんだがなぁ。

要是開發團隊起碼有一個專業人士的話，那就可謂是如虎添翼了。

弘法にも筆の誤り／猿も木から落ちる　馬有失蹄，人有失足，再厲害的人也會有犯錯的時候。

あんなに有名なピアニストが肝心なところでミスするなんて、猿も木から落ちるといったところだね。

連那種著名的鋼琴家都會彈錯，真可說是人有失足啊！

弘法にも筆の誤りとあるように、先生がまとめた資料にも一部欠陥が見られる。

如同弘法大師也會有筆誤，老師所整理的資料也發現部分缺失。

目の上のこぶ　眼中釘、刺眼的障礙物。

あの人は会社にとって目の上のこぶだ。

對公司而言，那個人是個眼中釘。

部長にとって佐藤さんは、同期の目の上のこぶという存在と言えるんじゃないかな。

對經理來說，加藤在同期的人中可說是個眼中釘吧！

ちりも積もれば山となる　比喻積少成多。

ちりも積もれば山となるんだから、1円だって無駄にしちゃいけないよ。

俗語說積沙成塔，一塊錢也不可以浪費哦！

❀ 地道な努力はちりも積もれば山となるとあるように、将来必ず報われるときがくる。

如同俗話所說積沙成塔，穩健的努力將來一定會有回報的。

泣き面（泣きっ面）に蜂　禍不單行。屋漏偏逢連夜雨、雪上加霜。

❀ 彼女にふられた上、泥棒にまであうなんて、まさに泣き面に蜂だよ。

既被女友甩了，又遭小偷，真是禍不單行啊！

❀ 商店街は売り上げも落ち込み、客離れも続くという、まさに泣きっ面に蜂という状況だ。

商店街不僅銷售額下滑，客人也漸漸流失，真的是屋漏偏逢連夜雨。

七転び八起き　跌倒爬起、頑強奮鬥。

❀ 人生七転び八起き。あきらめずに頑張れ！

人生沉浮無定。別放棄，加油！

❀ 七転び八起きの精神で、今回こそ合格を目指す。

抱持屢仆屢起的精神，以這回一定要合格為目標。

のどもと過ぎれば熱さ忘れる　好了傷疤忘了疼。

❀ 彼は以前奥さんに浮気がばれて、あんなに大変なことになったのに、今また浮気しているらしいよ。ほんとうに「のどもと過ぎれば熱さ忘れる」ってやつだね。

他以前被老婆抓到出軌，明明引起那麼大的騷動，聽說竟然又犯了。真的是「好了傷疤忘了疼」。

❀ のどもと過ぎれば熱さ忘れるというように、前回の失敗の悔しさが今回の試合に活かされていなかったのが、敗北の原因です。

好了傷疤忘了疼，沒有記取上次失敗的不甘心，就是這次失敗的原因。

豚に真珠／馬の耳に念仏／猫に小判 有暴殄天物、鮮花插牛糞、對牛談琴
的意思。

❀ あんな人にそんな高価な時計を贈っても豚に真珠だから、きっと価値が
わからないよ。

即使送那種人名錶也是暴殄天物，他一定不識貨的。

❀ この神社の歴史を子どもたちに教え聞かせたところで、馬の耳に念仏
じゃないかな。

對孩子們講這間神社的歷史也是對牛彈琴吧？

❀ あの子はまだ小さいんだから、電子辞書なんて猫に小判です。

那個小孩子畢竟還小，電子字典他怎麼會用？

焼け石に水 杯水車薪、入不敷出之意。指再怎麼努力也沒有幫助的意思。

❀ 景気回復のために定額給付金を支給するなんて、所詮焼け石に水だ。

為了恢復景氣而發放消費券，那不過是杯水車薪。

❀ 1年間トレーニングを休んでいたので、大会直前に軽い運動を始めたと
しても、焼け石に水に過ぎない。

由於已經一年沒訓練了，就算賽前開始和緩運動，也只是杯水車薪。

解答

Part 1 擬聲擬態語

 動物發出的叫聲 p 7

❶ ちゅうちゅう ❷ かあかあ
❸ けろけろ ❹ めえめえ
❺ ぶうぶう

 自然現象 p 13

❶ ぱらぱら ❷ ちらちら
❸ ぎらぎら ❹ ぽつぽつ
❺ びゅんびゅん

物的樣態、性質 p 23

❶ すべすべ ❷ ほかほか
❸ べたべた ❹ どろどろ
❺ ちかちか ❻ ぴかぴか
❼ きらきら ❽ てかてか
❾ じめじめ ❿ つるつる

 物體、空間、時間的狀態或性質 p 31

❶ ぶかぶか ❷ ぱんぱん

❸ ぴったり ❹ ばらばら
❺ そろそろ ❻ くねくね

 動作的狀態、聲音 p 45

❶ とんとん ❷ ばきっと
❸ ぶすっと ❹ じりじり
❺ ざっくり ❻ ころころ
❼ ぐるぐる ❽ ぱらぱら
❾ ぽんと ❿ ごしごし

人體的動作、聲音 p 63

❶ うとうと ❷ がつがつ
❸ くどくど ❹ よろよろ
❺ めそめそ ❻ むにゃむにゃ
❼ にやにや ❽ げらげら
❾ じろじろ

 人的動作狀態 p 75

❶ ぐいぐい ❷ こつこつ
❸ やんわり ❹ あっさり
❺ ちらちら ❻ ギュッと

⑦さらさら　　⑧ひそひそ

⑨もくもく　　⑩ばったり

1-8 人的生理特徵、心理狀態　p 93

①いきいき　　②わくわく

③むかむか　　④どきどき

⑤ちくちく　　⑥ぞくぞく

⑦すっきり　　⑧いらいら

⑨しぶしぶ　　⑩かっと

Part 2 頭部

2-1 頭部

頭　　　　　　　　　　　　　p 101

①b　②e　③c　④d　⑤a

顔、面　　　　　　　　　　p 106

①e　②d　③b　④a　⑤c

眼睛 (1)　　　　　　　　　p 112

①d　②a　③b　④e　⑤c

眼睛 (2)　　　　　　　　　p 116

①e　②c　③d　④b　⑤a

鼻　　　　　　　　　　　　p 120

①d　②e　③b　④c　⑤a

口、唾　　　　　　　　　　p 127

①d　②c　③a　④h　⑤g　⑥f

⑦e　⑧b

耳　　　　　　　　　　　　p 131

①e　②c　③b　④a　⑤d

舌、齒　　　　　　　　　　p 134

①a　②e　③b　④d　⑤c

2-2 頸部、上半身、臀部

首　　　　　　　　　　　　p 138

①a　②d　③e　④b　⑤c

喉、聲音、息　　　　　　　p 143

①f　②c　③b　④d　⑤a　⑥e

肩、腹、臍　　　　　　　　p 149

①d　②a　③c　④b　⑤e　⑥f

背、腰、尻　　　　　　　　p 155

①a　②b　③d　④e　⑤c

2-3 內臟、身體表面

心　　　　　　　　　　　　p 159

①c　②b　③d　④a　⑤e

胸、胃、腸、肝、膽　　　　p 164

①b　②f　③d　④e　⑤c　⑥a

血、涙、身、骨　　　　　　p 170

①b　②d　③a　④c　⑤e

氣　　　　　　　　　　　　p 181

①i　②f　③b　④a　⑤j　⑥h

⑦e　⑧d　⑨c　⑩g

國家圖書館出版品預行編目（CIP）資料

新日檢擬聲擬態語＆慣用語攻略／藤本紀子，田中
　　綾子著；洪玉樹譯. -- 初版. --〔臺北市〕：
　　寂天文化，2013. 10
　　　面；　公分
　　ISBN 978-986-318-159-0（20K 平裝附光碟本）
　　1. 日語　2. 語法　3. 慣用語　4. 能力測驗

803.189　　　　　　　　　　　　　　　102019764

新日檢擬聲擬態語&慣用語攻略

作　　者　藤本紀子／田中綾子
譯　　者　洪玉樹
校　　對　楊靜如
編　　輯　黃月良

製程管理　宋建文
出 版 者　寂天文化事業股份有限公司
電　　話　886+(0)-2-2365-9739
傳　　真　886+(0)-2-2365-9835
網　　址　www.icosmos.com.tw
讀者服務　onlinesevice@icosmos.com.tw

出版日期　2013 年 11 月　初版 2001
郵撥帳號　1998-6200 寂天文化事業股份有限公司
・劃撥金額 600 元（含）以上者，郵資免費。
・訂購金額 600 元以下者，請外加郵資 65 元。

〔若有破損，請寄回更換，謝謝。〕